문학과지성 시인선 488

유에서 유

오은 시집

문학과지성사

문학과지성사에서 펴낸 오은의 시집

없음의 대명사(2023)

문학과지성 시인선 488

유에서 유

초판 1쇄 발행 2016년 8월 8일
초판 16쇄 발행 2024년 4월 12일

지 은 이 오은
펴 낸 이 이광호
펴 낸 곳 ㈜문학과지성사

등록번호 제1993-000098호
주   소 04034 서울 마포구 잔다리로7길 18(서교동 377-20)
전   화 02)338-7224
팩   스 02)323-4180(편집) 02)338-7221(영업)
전자우편 moonji@moonji.com
홈페이지 www.moonji.com

© 오은, 2016. Printed in Seoul, Korea

ISBN 978-89-320-2884-2 03810

지은이는 2015년 서울문화재단 예술창작지원사업 기금을 수혜했습니다.

이 도서의 국립중앙도서관 출판예정도서목록(CIP)은 서지정보유통지원시스템 홈페이지
(http://seoji.nl.go.kr)와 국가자료공동목록시스템(http://www.nl.go.kr/kolisnet)에서
이용하실 수 있습니다. (CIP제어번호: CIP2016018316)

문학과지성 시인선 488

유에서 유

오 은

시인의 말

꿀맛이 왜 달콤한 줄 아니?
꾼 맛도 아니고 꾸는 맛도 아니어서 그래.
미래니까, 아직 오지 않았으니까.

몰라서 달콤한 말들이 주머니 속에 많았다.

2016년 여름
오 은

유에서 유

차례

1부 깃털을 보았다

계절감

귀퉁이가 좋았다
기대고 있으면
기다리는 자가 되어 있었다

바람이 불어왔다가 물러갔다
뭔가가 사라진 것 같아
주머니를 더듬었다

개가 한 마리 다가오고 있었다
처음 보는 개
개도 나를 처음 봤을 것이다

내가 개를 스쳤다
개가 나를 훑었다

낯이 익고 있다
냄새가 익고 있다

가을은 정작 설익었는데
가슴에 영근 것이 있어
나도 모르게 뒤돌아보았다

땀이 흐르는데도
개는 가죽을 벗지 않고 있었다
어쩔 수 없는 일

땀이 흐르는데도
나는 외투를 벗지 않고 있었다
어찌하지 않은 일

우리는 아직 껍질 안에 있다

뭔가 잡히는 것이 있어
주머니에 손을 집어넣었다

꼬깃꼬깃 접힌 영수증을 펴보니

다행히 여름이었다

미련이 많은 사람은
어떤 계절을
남보다 조금 더 오래 산다

아찔

좋아하는 단어가 사라지는 꿈을 꿨다. 잠에서 깨니 그 단어가 기억나지 않았다. 거울을 보니 할 말이 없는 표정이었다.

어느 날 우리는 같은 시간 다른 공간에서 같은 음악을 다른 기분으로 듣는다. 종착역보다 늦게 도착한다. 만남은 성사되지 못한다. 선율만 흐를 뿐이다.

들고 있던 물건들을 다 쏟았다. 고체가 액체처럼 흘렀다. 책장에 붙어 있던 활자들이 구두점을 신고 달아난다. 좋아하는 단어가 증발했다.

불가능에 물을 끼얹어. 가능해질 거야. 쓸 수 있을 거야. 가능에 불을 질러. 불가능해질 거야. 대단해질 거야. 아무도 쉽게 건드리지 못할 거야.

10년 전 오늘의 일기를 읽는다. 날씨는 맑음. 10년 후 오늘은 비가 내린다. 오늘에서야 비가 내린다. 지우개 자국을 골똘히 바라본다. 결국 선택받지 못한 말들, 마침내 사랑받지 못한 말들이 있다. 다만 흔적으로 있다.

어느 날 우리는 같은 공간 다른 시간에서 다른 음악을 같은 기분으로 듣는다. 시발역보다 일찍 출발한다. 불가능이 가능해진다. 착각이 대단해진다.

시한부 인생을 살고 있는 사람이 오늘 저녁에 무얼 먹을지 고민하는 찰나, 식당 하나가 문을 닫았다. 메뉴들이 울상을 짓고 있다. 배 속이 끓고 있다. 턱턱 숨이 막히고 있다. 당장, 당장.

시공간이 한 단어에 다 모였다.

옛날이야기

여기 옛날이야기가 있어. 정작 옛날에는 들려주지 못했던 이야기. 오늘날에 와서야 겨우 말할 수 있게 된 이야기. 말하려고 하면 사방에서 손이 날아와 입을 틀어막았다는 바로 그 이야기.

누구나 알지만 그 누구도 끝을 알지 못한다는 이야기. 끝까지 가려던 사람들이 도중에 끝을 맞이하고 말았다는 이야기. 끝끝내 끝이 보이지 않는다는 이야기. 되풀이되는 이야기.

입에서 입으로 몰래 전해지던 이야기. 날이 갈수록 점점 은밀해지는 이야기. 누구누구가 죽었을 때에야 희미하게 퍼지기 시작한 이야기. 점점 혐의가 짙어지는 이야기.

내일도 모레도, 네가 여기 있을 때나 없을 때나 살아 있을 이야기. 어떻게든 혼자 있을 이야기. 옛날처럼 멀고 훗날처럼 막연하지만 오늘도 진행되는 이야기. 지하에서 허공에서 더욱 생생한 옛날이야기.

여기 옛날이야기가 있어. 여기 아직 있어. 여기 아직 그대로 있어. 우리가 지금 여기서 살고 있는 이야

기. 입을 벌려도 차마 나오지 않는 이야기. 귀를 기
울여도 답이 없는 이야기. 마찬가지 이야기.

공포

밤에 손톱을 깎으면 안 된단다
귀신이 해코지를 할 거야

밤에 별이 깜빡거리면 강풍이 분단다
유혹하는 것들은 다 위험하지

밤하늘이 유독 맑으면 된서리가 내린단다
정수리에 힘을 주고 또박또박 걸어야 해

할머니의 비밀은 모두 밤에 있었다

밤에 어둔 길을 혼자 가면 안 된다
뒤통수는 항시 조심해야 해

낮은 흘러가는 것
밤은 다가오는 것

낮은 불발의 연속이었다

표정을 숨길 수 없었다
밤은 장전되어 있었다
닥쳐오리라는 것을 알 수 있었다

소리 없는 공포탄이
사방에서
폭죽처럼 터지고 있었다

밤에는 작게 이야기해야 한단다
밤말을 들은 쥐가 어떤 일을 저지를지 몰라

비밀들이 아우성치며
베갯속 사이를 앞다투어 메우고 있었다

미시감

그런 법이 어디 있어요?
사람이 울며불며 매달린다

여기 있습니다
사람이 무덤덤하게 대답한다

없던 법이 생기던 순간,

몸이 무너졌다
마음이 무너졌다
폭삭
억장이 무너졌다

여기를 벗어난 적이 없는데
단 한 번도 여기에 속한 적이 없는 것 같았다

처음처럼 한결같이 서툴렀다

사람이 사람을 에워싼다
둘러싸는 사람과 둘러싸이는 사람이 있다
아무 말도 하지 않는다

사람이 사람을 어색해한다
사람인데 사람인 게 어색하다

여기서 울던 사람이
길에 매달려 가까스로 걷는다
집이 이 근처 어딘가에 있을 것이다

집에 가는 길에 사람이 사람을 만난다
익숙한 냄새가 난다
안녕
어떤 말들은 안녕하지 않아도 할 수 있다

속이 상한 것은
겉은 멀쩡하기 위한 거지

겨우내 겨우 내가 되었다고 생각했는데
봄은 꽝꽝 얼어붙어 있었다

푹푹 꺼지는 땅 위에 사람이 서 있다
여기에 속하지 못한 사람이
여기에 있다

이런 사람이 어디 있습니까

여기 있습니다
여기 있을 겁니다

오늘 치 기분

깃털을 보았다
마음이 가벼워지려는 찰나,
깃털이 땅으로 떨어지고 있었다
눈이 절로 깜빡였다

저 멀리 솟구치는 것이 있었다
눈이 부셨다

햇볕이 따갑다고 해도 좋다
햇볕이 뜨겁다고 해도 좋다
온몸으로 햇빛을 보았다

바람이 포근하다고 말해도 좋다
바람이 부드럽다고 말해도 좋다
온 마음으로 공기를 마셨다

오늘 치 기운이 생겼다
오늘 치 기분이 생겼다

생긴다는 것
없던 것을 가지게 된다는 것
당분간 내 것이 하나 는다는 것

몸속에 있는 것들은 눈에 보이지 않는다
걷지 않아도
움직움직하고 있다는 것만 안다

깃털을 보았다
떨고 있는 깃털을 보았다

방으로 돌아오면
따갑고 포근하다
뜨겁고 부드럽다
오늘 치 기억으로 이루어진
시간을 보았다

잠들기 직전 떠오르는 풍경이
꾸무럭꾸무럭
꿈에 나타난다

꿈에는 솟구치는 깃털이 나온다
이불 속에서 뒤척이며
비로소 내일 치 기분을 헤아릴 수 있게 된다

아무개 알아?

알고 싶은 사람이 있어
알고 있는 사람들에게 물어보았다

뚱뚱한 애?
시 쓴다는 애?
철학책만 읽는 애?
긴장하면 말 더듬는 애?
이상한 옷 입고 다니는 애?
또 다른 아무개와 사귀었다는 애?
또 다른 아무개한테 결국 차였다는 애?

아무개에 대한 말들이 아무렇게나 흘러나왔다
아무개가 아무 개라도 되는 듯이
개 잡듯 물어뜯고 헐뜯었다
뜯긴 자리는 비열한 웃음으로 채워졌다
웃는 얼굴에 서로 신나게 침 튀기는 동안,
아무리가 아무럼으로 수렴하고 있었다

주머니에서 빛바랜 동전들이 쏟아졌다
다보탑이 무너졌다
벼 이삭이 흩어졌다
이순신 장군이 엎드렸다
학이 곤두질했다

알고 싶은 사람이 모르고 싶어졌다
알고 있는 사람이 모르는 사람 같았다

동전의 뒷면은 보지 않아도 알지

아무개가 되기 싫어
얼굴을 가리고 정처 없이 걸어 다녔다

구멍

구멍에게 요구한다. 빛을
뚫기 전에는
바깥에 무엇이 있는지
아무도 묻지 않았다
한밤중처럼
우리는 묵묵하고 끈끈했다
한낮에는

구멍으로 빛이 들어왔다
환호가 구멍으로 새어 나갔다
원래부터 빛을 알고 있었던 것처럼
원래부터 빛을 사랑해왔던 것처럼
우리는 환히 궁금해졌다

빛은 얼마큼 커질 수 있을까
빛은 어디까지 들어올 수 있을까

잘 모르는 것을 알고 싶어서

우리의 두 눈에는 빛이 들었다

타령은 느긋하게 시작되었다가
목마름이, 입맛이, 헛기침이 되었다
우리는 어린아이
빛의 규모를 상상하며
젓가락처럼 목을 빼고
우리는 늙은이
빛의 세기를 어림하며
빈 컵들처럼 길어진다. 나란해진다

돈 나올 구멍이 필요해. 쌀 나올 구멍이 필요해
숨 쉴 구멍이,
어떻게든 빠져나갈 구멍이 필요해
구멍 뚫린 쌀자루처럼
우리는 줄줄이 늘어놓았다
빛을 틀어막듯

구멍은 자꾸 커지지만
아무것도 나오지 않는다. 안간힘처럼

아무것도 들어오지 않는다
빛이 흐르던 눈에는
윤기가 흐른다

우리는 애늙은이
꿈을 꾸며 걱정을 한다
무럭무럭 걱정하는 꿈을 꾼다

그곳이 여백인지는 꿈에도 모르고. 그곳이 꿈속인
지는 꿈에서도 모르고
한숨이 구멍으로 새어 나갔다

나올 줄만 알았던
들어올 줄만 알았던
빛이 사라졌다

넘치면서 부족한,

우리가 구멍을 뚫었다

후렴처럼
한밤중처럼
우리가 줄지어 구멍을 뚫고 있다

미완

가로등은 세로로 서 있지
2차원을 뚫고 나오는 그 안간힘이
가로등을 완성시켜주지
그래도 뭔가 부족해서
낙엽은 꼭 그 아래서만 맴돌지
길가를 수놓는 것은 발바닥의 몫
발자국은 횡설수설로 나 있지
집을 향한 그 집념이
발자국을 완성시켜주지
누군가 발끝을 스치기라도 하면
바스락바스락
낙엽은 가까스로 몸을 옹그리지
더 마를 수 없을 때까지

몸이 무너지면 마음이 무너지지
할 수 없는 일
하면 안 되는 일
할 수 있는데 하면 안 되는 일

일은 말 그대로 하나같이
절로 해결되지 않아서
마음이 먼저 무거워지지
몸은 바짝바짝 말라가지
마음과 몸이 기울어지는 동안
대책을 세울 그릇은 꽉 차고
정작 대책 없이 마음은 무너지고 마는 거지
마음이 무너지면 덩달아 몸도 무너지지
늑골이 켜켜이 내려앉는 소리와 함께
인간은 겨우 완성되지

발자국은 발이 그리워
고인 곳을 찾아 실감 나게 서성이고

뭉클

숫자는 말이 없었다
위계만 있었다

큰 게 좋을 때 사람들의 눈은 벌게졌다
다발을 들고 만세를 불렀다
작은 게 좋을 때 사람들의 눈은 힘을 잃었다
더 작아지기 위해 현미경처럼 가만히 있었다

영은 영영 불어나고
소수점 이하는 끝을 양보할 줄 모르고

숫자는 말이 없었다

경우의 수는
허수거나 무리수였다

실수는 실수하는 법이 없었고
분수는 넘칠 줄만 알았다

더 커지는 데 실패하면
벌게진 눈이 힘을 잃었다
더 작아지는 데 실패하면
실눈에는 핏발이 섰다

마주 선 두 눈동자에서
6과 9처럼
꽉 찼다가
힘없이 흘러내리는 것이 있었다

영이 어디 붙느냐에 따라
소수점이 어디 찍히느냐에 따라
90도 달라지는 기분이 있었다
180도 달라지는 인생이 있었다

덩어리인데 손에 쥘 수 없는 것이 있었다
소수점 이하로 점점이 떨어지는 영이 있었다

영(靈)들이 있었다

폭우

한 달 치의 일들이
하루 새 벌어졌어
감히 상상할 수 없는 일들이
주제넘게 실현되었어

도박꾼은
평생 써도 모자랄 돈을 다 써버렸어
미망인은
평생 흘릴 눈물을 다 쏟아버렸어

터진 수도관은 분수도 모르고
분수를 내뿜었어
시원한 것은 순간이었어
그다음에 찾아오는 것은
시원시원한 고통이었어

막아도 막아도
어떻게든 쏟아져 나오는 게 있었어

그것의 이름은 잊어버렸어
애써도 애써도
끝끝내 쓸 수 없는 것이 있었어

애타도 애타도
도저히 타지 않는 것이 있었어

노다지에 손대고 싶었어
노다지라고 하니까
더 손대고 싶었어
그것의 모양은 잊어버렸어
그것의 색깔은 잊어버렸어

먹어도 먹어도
기어이 파고드는 것이 있었어
벌레 먹은 배를 움켜쥐며

한 달 치의 일들을

하루 새 떠올렸어
감히 실현될 수 없는 일들이
주제도 모르고 떠올랐어

그 틈을 비집고
남은 것들이
여남은 것들이
전부인 양
무너져 내렸어

시원처럼 원 없이 아득해졌어
개지 않은
리듬만 남았어

너무

나도
아름다웠다

왼팔을 벌려봐
너무 벌리진 말고

너는 요구 사항이 많다
너는 저기압이다

왼팔을 내뻗으니
공기가 바람이 되었다
바람이 바람이 되었다
축일전야처럼
간절하게 불었다

너는 휘청인다
너는 느리고 탄력이 있다
너는 무성하다

무성하게 아우성친다

나는 우뚝 서 있다
가지가 하나밖에 없다
나는 앙상하다
항상 앙상하다

뼈에 살을 붙이듯
생각한다

나에 대해, 너에 대해
내가 너에게 더 가까워지려는 찰나에 대해

너무에 대해, 너무가 갖는 너무함에 대해, 너무가
한쪽 팔을 벌려 나무가 되는 순간에 대해, 너무가 비
로소 생장할 수 있는 자신감을 얻는 순간에 대해, 너
무가 세상을 향해 팔 뻗는 순간에 대해, 너무가 품은
부정적 의미는 사라져

나무는 너무 많이 흔들린다

너무 너다워
너무 쑥스러워
가지가지 비밀들이 수줍게 움텄다

너무
나도 너도 아름다웠다

일주일

날이 맑았다가 흐렸다
간혹 비나 눈이 내리기도 했다
밥은 끼니였다가 식사였다
이따금 건너뛰거나 과식하기도 했지만

저녁은 있다가도 없었다
언제나 아침은 있었다
약속은 겨우 생겼다가 다따가 취소되었다
마음은 늘 있었지만

채워지지 않았다
매일 달라붙어도 결코 능숙해지지 않는
일과처럼

월요일 오전에는 주문을 하고
화요일에는 온종일 주문을 걸었다
수요일에는 기다렸다
내일을 모레를

날이 맑았다가도 흐리듯
저녁이 있다가도 없듯
목요일이 지나면 금요일이 올 것이다

식사나 저녁, 저녁 식사처럼
없었던 것들을 있게 만들고 싶었다
날씨나 약속, 약속이라도 한 듯한 날씨처럼
변덕스러운 것들을 한자리에 모으고 싶었다

깜박이는 형광등처럼
미처 마음을 갈지 못한 사람들이
차마 이렇게 꺼질 수는 없어
여기저기서 모여들었다

주문했던 것이
금요일 밤에야 도착해서
우리는 마침내 취할 수 있었다

일을 망쳐도 저녁을 걸러도
약속이 없어도 날씨가 흐려도
이 시간은 온다
공평하다

다음에 보자
헤어질 때는 어김없이 아침이었다
언제나 아침은 있었다
불공평하다

일요일 밤에는
빈털터리의 표정으로
각자의 침대에 누워 있었다

헤어질 때가 되어 지갑을 열듯
겨우
입을 모아 갔다고 말했다

아저씨

앞장서서 손을 들다가
두 손 드는 날이 많았다
사이사이
나이가 들었다

가방은 커지고
머리는 비어가고
사이사이
심장이 뛰었다

넣을 게 없었다
뺄 것도 없었다

나이 주름 흰머리
사이좋게 늘어나는 것들이 있었다

책은 쌓여가고
기억력은 바닥나고

수첩에 적는 글씨는 점점 커지고
수첩에 적힌 글씨는 점점 작게 보이고

허름한 식당에 혼자 들어가는 일이
일도 아닐 때
그저 이도 저도 아니게 될 때

수제비를 주문하고
다리를 쩍 벌리고
안경을 코허리까지 내려 쓰고
신문을 읽으며 혀를 끌끌

숟가락으로 국물을 떠
말이 앞서는 사람처럼 입을 벌리면
어김없이 뒤가 보였다

수제비 속에 든 오색 수세미처럼

빨간만장 파란만장한
뒤가 따라왔다 뒤따라왔다

웃음 용기 전화번호
꼴좋게 줄어드는 것들이 있었다

입에 침을 잔뜩 발라 거짓말을 해도
입술은 언제나 튼 상태였다

수제비 한 점을 넣고
순순히 입을 다물고
눈을 지그시 감고
차진 밀가루는 혀에서 살살

깊은 내력 속으로 빨려 들어가
다만 나만 가만
꿀꺽

가방을 두고 나왔다
머리는 쓰지 않았다

아, 저…… 씨!

풀쑥

몸을 열면 질병이
입을 열면 거짓말이
창문을 열면 도둑이, 도둑고양이가 튀어나온다

우편함을 열면 눈알이
내일을 열면 신기루가
방문을 열면 호랑이가, 종이호랑이가 튀어나온다

속이는 것은
속없는 겉이 하는 일

대중

집 밖으로 나갈 때면
어김없이 열기를 품었다

겹겹이 껴입은 옷 때문에
품은 열기를 뿜을 수 없었다
걷잡을 수 없어
몸만 달아올랐다

내 속에 뜨거운 것이 있어요!
할 말이 있어요!
당신들에게 들려줄 이야기가 있다고요!

내 속을 알고 싶지 않은 사람들이
내 곁을 훑고 지나갔다

아무도 귀 기울이지 않아서
말귀는 금세 어두워졌다

속을 들키지 않기 위해
광장에는 내내 냉기가 돌았다

위태로운 선 하나가
가슴 위를 스쳐 지나갔다

겹겹이 껴입은 옷 안에서
심장이 힘들게 뛰고 있는 중이었다

집 안으로 들어설 때면
어쩔 수 없이 온기를 안았다

대문이 있어서
그 안에 여전히 몇몇 소문이 있어서
실로 다행이었다

열쇠가 있어서
진실로 다행이었다

방문을 열고 불을 켰다

들킨 속처럼
필라멘트가 툭, 끊어져버렸다

밤에만 착해지는 사람들

누구나 훌륭한 사람이 될 수 있단다 대명사와 조사가 결합하면 가능해진다

나는 누구에 속하는지 자신이 없었다 냄비 속에서 불안이 끓어 넘치고 있었다 배고픔과 배 아픔이 동시에 찾아왔다

아침에는 심술을 부리고 도리질을 쳤다 손길이 다가오면 뿌리쳤다 자발적으로 가난해졌다

언제고 활짝 피어날 수 있단다 대명사와 조사가 결합하면 막연해진다

나는 언제에 속하는지 자신이 없었다 냄비가 뜨거워서 떨어뜨리기 일쑤였다 쉽게 달아오르고 재빨리 식어버렸다

낮에는 냄비 바닥처럼 우는소리를 했다 전체가 까매지고 한 곳은 특히 새까매졌다 우발적으로 우울해졌다

밤이 되었다

밤에만 착해지는 사람들이 있었다
오늘 한 말을 하나하나 되짚으며 움찔움찔 몸서리
를 쳤다 부끄러워서 이불을 뒤집어썼다 내일 할 말
을 가슴속에 차곡차곡 쌓아두었다 설레서 이불을 또
한번 뒤집어썼다 한여름에도 이불은 꼭 덮고 자야
돼 덮어야 안심이 된다

자신이 주인공이라도 된 것처럼 말했다 명사와 조
사가 결합하면 근사해진다

밤에만 착해지는 사람들이 있었다
밤에는 착해지는 사람들이 있었다

이불을 덮고
가만히 밤이 되는 사람들이 있었다

2부 유에서 유를

말맛

아버지라고 하지 말고 아빠라고 부르렴
성년의 날이 지났는걸요
성년이 되었어도 어른이 되지는 않으니까
어른이 되더라도 꿈을 꿀 수는 있으니까
꿈이 개꿈이면 어떡하죠?
개꿈도 약에 쓰려면 없으니까
어차피 애들 꿈은 다 개꿈이니까
애들은 사이좋게 어수선하니까
화날 때조차 어수선하니까
환할 때 수선화같이 웃고 싶은걸요
수선화는 열매를 맺지 못하니까
수선거리며 하얗고 노래지니까
노랗고 하얘지니까요?
그게 더 예쁘구나 한층 더 맛있구나
문득 출출한걸요
말이 넘치고 있으니까
덕분에 내 말은 항상 모자라니까
우리는 부자잖아요

가난한 부자니까

늘 엄마의 손길이 부족하니까

그리우면 냉장고를 열어야 해요

검붉은 열매가 있어요!

새콤달콤하게 생겼어요!

언뜻 언 듯해요!

우리가 부자가 되었구나

더 무서워졌구나

이제 곧 벼락이 칠지도 모르겠구나

재빨리 해치워야겠구나

한 움큼 집어 넝큼 씻어야겠어요

촉감과 감촉은 다르니까요

버찌와 체리의 맛이 다른 것처럼

덥다고 다 뜨거운 것은 아닌 것처럼

네가 방금 말로 열매를 만들어낸 것처럼

그 열매를 우리가 단숨에 해치운 것처럼

등줄기를 타고

새콤한 식은땀이 흐르기 시작했다

달콤한 한낮이 기울고 있었다
우리는 부잣집 부자처럼
엄연하고 어엿했다
엄연히 어엿했다
입안이 꽉 차 있었다
맛보지 않아도 알 수 있었다

다음 말이, 다음다음 말을
딛고
목구멍 위로 올라왔다

맛이
기가 막혔다

마술

검은 장막에 바늘구멍을 내듯이, 그 구멍으로 맞은편 바늘도둑을 지켜보듯이, 바늘로 찌르듯 가느다란 빛이 들듯이, 바늘로 찌르듯 날카로운 빛이 들듯이, 검은 장막이 투명한 거울이 되듯이, 바늘도둑이 제 얼굴을 보고 흠칫 놀라듯이, 5분 뒤가 불투명해지듯이, 검은 장막이 팽팽해지듯이

그 틈에 바늘도둑이 소도둑 되듯이, 바늘구멍이 개구멍 되듯이, 개구멍으로 소도둑이 재빨리 도망치듯이, 때마침 아지랑이가 피어오르듯이, 분위기 있어지듯이, 거울을 본 바늘도둑이 눈을 끔벅이며 흡족해하듯이, 5분이 빛살처럼 자잘하게 나뉘듯이, 빛살 한 줄기를 타고 어디선가 개 한 마리가 출몰하듯이

컹컹 주문을 외다

개구멍에 개의 몸뚱이가 걸렸을 때, 빠져나가지 못한 개가 눈을 찡긋찡긋했을 때, 평범함을 그만 들켜버렸을 때, 검은 장막이 뿌리치듯 휙 걷힐 때, 소

도둑은
　껌새가 되어 푸드덕 날아갔다. 장막을 뚫고

　흘러갔던 것이 흘러나왔다.
　5분 사이
　두 번의 흐름이 있었다.

　손바닥을 펴니 가뭇없었다.
　어떤 것이 사라지고 어떤 것이 나타났다.

　검은 장막은 원래 없었어.
　바늘구멍은 원래 없었어.
　네가 만들었을 뿐

　동전은 원래 있었어.
　카드는 원래 있었어.
　네가 몰랐을 뿐

단어는 원래 있었어.

심상한 듯 예사롭지 않게
심심할 땐 획을 뻗치기도 하면서

유에서 유를
유에서 유를

5분 전처럼 투명하게,
흐르듯
유에서 유를

문법

여백에서 시작한다

이 방에는 이미 많은 글자들이 있으므로
글자 그대로
존재하는 것이 거의 없으므로
규칙은 견고하고
불규칙은 물결치므로
그 틈을 비집고
새삼스러운 문장이 튀어나올 때

이 방이 조금 아름다워진다
이 방이 조금 이채로워진다
이 방이 이방(異邦)에 가까워진다
비로소

글자가
그림자가
글자의 그림자가

자기만의 색깔을 갖게 된다
제 몸을 엿가락처럼 늘였다가
수줍을 땐 맨홀 속으로 생략되기도 한다
그 위를
점점이 수놓으며 미끄러지는 구두

너는 발자국 간격을 뚫어져라 쳐다본다
매의 눈으로,
너는 규칙을 따른다

너는 발자국이 없는 맨땅바닥을 바라본다
돌고래의 지느러미로,
너는 불규칙을 아우른다

너는 여럿이다

따지기 좋아하는 너
잘 따르다가도

틈만 나면 어기려 애쓰는 너
수틀리면 여지없이 부수었다가
새로 만들기를 주저 않는 너
여백에 주저앉아 예외가 되는 너

준법자의 몸과
무법자의 마음으로

글자 그대로
어떤 방에 들어간다
철저하다 새삼스럽다

여백으로 꽉 차 있다

필요불충분조건

한 편 한 편은 괜찮지만 한 권으로는 아니야 한편이 아닌 것 같아 대면하기엔 데면데면해 서머서머할 만큼 서먹서먹해 23쪽과 24쪽이 어울리지 않아 서로 얼굴 맞대기를 읽히기보다 싫어해 한편, 등을 맞대고 있는 48쪽과 49쪽은 상대의 얼굴을 그리워해 표정을 읽고 싶어 해 상대가 하는 말을 외우고 싶어 해 서로를 간섭하고 싶어 해 서로의 기억이 되고 싶어 해 그 기억의 귀퉁이를 접어두고 싶어 해 그렇게 앞쪽의 몸에 부위 하나를 포개고 싶어 해 일부가 되고 싶어 해 훔쳐보기 직전처럼 두근거리고 싶어 해 결정적인 순간이 되고 싶어 해

소년은 책을 좋아해 표현하는 것을 좋아해 남실대다가 끓어오르는 것을 좋아해 여기서 저기로 넘어갈 때 머뭇거리는 것을 좋아해 머릿속에 이 순간을 접어두고 싶어 해 두고두고 기억할 수 있을 거라 생각해 23쪽에서 불쑥 모르는 단어가 튀어나왔어 24쪽으로 넘어가지도 않았는데 벌써 모르는 단어가 튀어나왔어 순간이 일그러졌어 소년은 이 책과 서먹서먹

해졌어 덩달아 하품이 튀어나왔어 소년은 책을 좋아
해 상상하는 것을 좋아해 잠을 포기할 만큼은 아니
야 소년의 손가락은 이번 장을 넘기는 걸 싫어해 소
년의 마음은 다음 장으로 넘어가는 걸 싫어해

소년은 책을 덮었어 사정없이

베개에 얼굴을 파묻었어 눈을 감았어 질끈 나타났
어 불쑥 무언가가 섣불리 명명할 수 없는 어떤 것이
82쪽에 잠복하고 있던 온점 같은 것이 아주 까맣고
아예 빽빽한 것이 내일의 귀퉁이를 접어 오늘로 끌
어당기듯 꿈속에서 가까스로

소년은 이불을 덮었어 온점에서 꼬리가 돋아나기
시작했어 한편이 된 것처럼 숨을 길게 내쉬었어 뭔
가…… 아쉬웠어

지면

지면은 요철이 심하다. 펜촉이 잘 미끄러지지 않는다. 신발 끝이 점점 뾰족해진다. 침이 목구멍으로 넘어간다. 넘어지면 처음부터 다시 걸어야 한다. 길어지면 걷는 사람이 피곤하다. 피고용인은 피곤하다. 멈춰 서서 네가 남긴 궤적을 바라본다. 그림자를 뭉쳐 온점을 찍는다. 탄식하듯 주저앉는다.

다음 목적지로 가려면 건너뛰어야 한다. 여기와 저기는 사이가 좋지 않다. 그러니 그러나를 불러들이자. 그러나를 앞세워 들입다 내빼야 한다. 뒤도 돌아보지 않고 걸어야 한다. 너는 지면을 채워야 한다는 강박에 사로잡혀 있다. 신발 뒤축이 닳는다. 왼쪽 발이 오른쪽 발을 쫓는다. 너는 너를 따라나서는 사람. 순순히 미행당하는 사람.

너와 지면은 호흡이 잘 맞지 않는다. 네 발은 네 생각의 기발함을 못 따라간다. 네 생각은 네 발의 묵묵함을 참을 수 없다. 너는 지친다. 푹 꺼진 스프링처럼 본분을 잊는다. 이도 저도 아닌 상태로, 너는 그가 되어야 한다. 너는 3인칭이다. 지면을 고르듯

반점을 찍는다. 이마에 맺힌 땀을 훔친다. 자발적으로 낯설어진다.

　지면은 끝이 보이지 않는다. 그 사실이 그를 걷게 한다. 그의 시작은 매 걸음 갱신된다. 한 말과 할 말 사이에 하는 말이 있듯, 그는 언제나 도중이다. 마음이 급할 땐 종종걸음으로 걷는다. 그는 포효하듯 침묵한다. 말줄임표가 찍히기 시작한다. 침이 고여 군침이 된다. 다음에 나올 말은 온전히 그의 것이다.

　지면이 단단해졌다. 너는 이만큼 왔다. 신발은 너의 것에 한 발짝 더 가까워졌다. 다음 지면이 할애될 때까지 너는 커서처럼 껌벅이기로 한다. 마르지 않는 펜촉처럼, 너는 땀 흘린다. 지면 위에 선 자는 이미 선 채로 피곤하다. 그러나 그는,

빛

너는 세 마디 말로 이루어져 있어
빨강 파랑 초록

네가 말을 아끼면 아낄수록
말씨를 가슴 깊숙이 묻어두면 묻어둘수록
네 표정은 점점 밝아진다
할 수 있는 말은 더 많아진다

네 뼈에서는 진동이 느껴진다
나도 모르게
내 뼈를 만져보게 된다

타드락타드락
뼈마디는 부딪쳐 내 눈을 파고든다
불꽃같은
자홍 노랑 청록

네 몸은 하나인데

네가 될 수 있는 것들이 늘어난다

네가 말을 심장 한가운데 숨길 때
마디들이 포개어져
뼈가 빽빽해져

마침내 더 이상 밝아질 수 없게 된다
한마디 말도 없이 눈이 부시다

나는 네가 결코 이해하지 못하는 곳에 있다

색을 다 모았는데도
곁이 늘 쓸쓸한
못갖춘마디로
까맣게 타들어가는 심정으로

나도 모르게
나를 뚫고 돋아난 흑점으로

구원

이 시가 너를 살렸어
이 문장이 이 시를 살렸어
이 단어가 이 문장을 살렸어

네가 이 단어를 살렸어
네가 물속 깊이 잠겨 있던
이 단어를, 하나의 넋을 건져 올렸어

너와 말은 공생한다
힘들이지 않아서 힘들고
보잘것없어서 대단한

아름다운 공회전

너는 이제 지구 어딘가에서
돌 때까지
겉돌다가 헛돌다가 마침내 감돌게 될 때까지

이 단어가
이단의 언어가 될 때까지
너만의 단어가 될 때까지

네가 이 시를 완성할 때까지
내처 아름답다

트라이앵글

평면에서는
각도가 필요하다
미끄러지지 않기 위해

강철봉은 구부러진다
막대는 누그러진다

이제 너는 60도씩 공평해
공평함은 형태로 드러난다

울고 싶은데도
너는 매달리지 않는다

바늘도 아닌데 실이 필요하다

스스로 울지 못할 때
공기는 더욱 단단해진다

3차원에서
너는 60도씩 공평하게 심심하다
너를 울려줄 사람이 절실하다

울리는 사람이 다가와
너는 팽팽해진다
밖으로 뛰쳐나가고 싶다

강철봉이 가까스로 실에 매달리는 순간
막대가 떨고 떨리는 순간
울음이 소리를 뚫고 나오는 순간
진동이 여백을 장악하는 순간

맑고 높은 것에
금이 하나 그어져

형태가 아주 잠깐 공평함을 잃었다

표현

한 아이가 엄마의 품에 안겨 젖을 먹고 있었다. 필사적으로. 젖 먹던 힘을 다해. 헤고 있었다. 헤아리고 있었다. 벌써 온 미래가 아직 오지 않은 과거를 어루더듬고 있었다.

다움

파란색과 친숙해져야 해
바퀴 달린 것을 좋아해야 해
씩씩하되 씩씩거리면 안 돼
친구를 먼저 때리면 안 돼
대신, 맞으면 두 배로 갚아줘야 해

인사를 잘해야 해
선생님 말씀을 잘 들어야 해
받아쓰기는 백 점 맞아야 해
낯선 사람을 따라가면 안 돼
밤에 혼자 있어도 울지 말아야 해
일기는 솔직하게 써야 해
대신, 집안 부끄러운 일은 쓰면 안 돼
거짓말은 하면 안 돼

꿈을 가져야 해
높고 멀되 아득하면 안 돼
죽을 때까지 내 비밀을 지켜줘야 해

대신, 네 비밀도 하나 말해줘야 해

한국 팀을 응원해야 해
영어는 잘해야 해
사사건건 따지려고 들면 안 돼
필요할 때는 거짓말을 해도 돼
대신, 정말 필요할 때는 거짓말을 해야만 해
가족을 지켜야 해

학점을 잘 받아야 해
꿈을 잊으면 안 돼
대신, 현실과 타협하는 법도 배워야 해
돈 되는 것을 예의 주시해야 해
돈 떨어지는 것과 동떨어져야 해

내 주변 사람들에겐 항상 친절해야 해
대신, 나만 사랑해야 해
나한테만 베풀어야 해

뭐든 잘해야 해

뭐든 잘하는 척을 해야 해

나를 과장해야 해

대신, 은은하게 드러내야 해

적당히 웃어넘기고 적당히 꾀어넘길 줄 알아야 해

눈치를 잘 살펴야 해

눈알을 잘 굴려야 해

다움은 닳는 법이 없었다

다음 날엔 다른 다움이 나타났다

꿈에서 멀어진 대신,

대신할 게 걷잡을 수 없이 늘어났다

죽을 때까지 지켜야 하는 비밀처럼

다움 안에는

내가 없었기 때문에

다움은 생각할 필요가 없었다

만약이라는 약

오늘 아침에 일찍 일어났더라면
지하철을 놓치지 않았더라면
바지에 커피를 쏟지 않았더라면
승강기 문을 급하게 닫지 않았더라면

내가
시인이 되지 않았다면
채우기보다 비우기를 좋아했다면
대화보다 침묵을 좋아했다면
국어사전보다 그림책을 좋아했다면
새벽보다 아침을 더 좋아했다면

무작정 외출하고 싶은 마음이 들지 않았다면
그날 그 시각 거기에 있지 않았다면
너를 마주치지 않았다면
그 말을 끝끝내 꺼내지 않았더라면

눈물을 흘리는 것보다 닦아주는 데 익숙했다면

뒤를 돌아보는 것보다 앞을 내다보는 데 능숙했
다면
  만약으로 시작되는 문장으로
  하루하루를 열고 닫지 않았다면

  내가 더 나은 사람이었다면

  일어나니 아침이었다
  햇빛이 들고
  바람이 불고
  읽다 만 책이 내 옆에 가만히 엎드려 있었다

  만약 내가
  어젯밤에 이 책을 읽지 않았더라면

이상한 접속어

더구나 컵을 또 깨뜨렸구나. 그러니까 용돈 줘. 하지만 내가 엄마잖아. 더더구나 내가 아들이잖아. 그래도 배고프잖아. 아울러 나도 커서 엄마가 될 거야. 게다가 아들은 부자잖아. 왜냐하면 이 컵은 유리로 만들어졌으니까. 그래도 컵 혹은 컵을 깨뜨렸구나. 그런데 이유를 말해줄게. 첫째, 내가 둘째잖아. 따라서 어색하잖아. 예컨대 엄마니까. 한편 아들이니까. 모자 또는 모자니까. 가령 모자라니까. 게다가 사랑하잖아. 그래서 컵을 또 깨뜨렸어. 그뿐 아니라 내가 아들이잖아. 그렇더라도 나는 엄마잖아. 전자는 컵으로 이루어져 있잖아. 후자는 전자로 이루어져 있잖아. 즉, 아들이잖아! 그런데 모자잖아! 하기야 엄마는 몹시 배고팠으니까. 다음으로 내가 네엄마잖아. 그러나 너를 사랑한다. 다만 너는 아들 및아들이니까. 그러므로 배가 고프다. 또한 컵을 깨뜨렸으니까. 요컨대 컵이니까. 한데, 조각들이 한데 모일 수 있을까. 더더군다나 모자니까. 그리하여 군더더기니까. 만약 아들이라면. 아무튼 배가 고프고 용

돈이 필요해. 결국 핏줄은 어색한 것이로구나. 차라리 사랑할뿐더러 배고픈 것이로구나. 반면 이심전심이 이루어졌구나. 말하자면, 말하지 말라는 거야. 예를 들면, 컵이나 깨뜨리라는 거야. 특히, 지금 이 순간 대놓고 배고프라는 거야. 그렇다면 내가 아들을 하겠어. 그리고 용돈을 받았다. 하지만 행복했다. 이를테면,

말실수

한 사람은 말만 기억하고
다른 한 사람은 실수만 기억한다

한 사람은 말을 했다는 사실만 기억하고
다른 한 사람은 말의 뉘앙스만 기억한다

표정은 알고 있었다
말이 어디로 자취를 감추어버렸는지
실수가 언제 싹텄고 어떻게 부풀어 오를지
왜 다른 한 사람이 한 사람에게 차가워졌는지
표정만 알고 있었다

한 사람과 다른 한 사람은
같은 곳을 향해 갔다가
다른 곳을 향해 사라졌다

한 사람과 다른 한 사람이
마침내 한사람이 되었다

똑같은 표정으로 지독하게 걷고 있었다

마음은
말의 어느 구절에도 없었다

도정(道程) 그 어떤 돌부리에도 없었다

책

　팔리는 책 잘 팔리는 책 팔이 잘리는 책 표지가 죽이는 책 등장인물을 다 죽이는 책 독자를 질식시키는 책 처음부터 질리는 책 딱 질색인 책 머리를 때리는 책 눈을 자극하는 책 귀를 사로잡는 책 목을 뻣뻣하게 만드는 책 가슴을 울리는 책 배를 부르게 하는 책 허리를 쿡쿡 찌르는 책 등골을 서늘하게 하는 책 엉덩이를 근질근질하게 만드는 책 다리를 휘청이는 책 제발 부탁하는 심정으로 제 발 저리게 하는 책 발바닥을 간질이는 책 작가가 유명한 책 유명세를 톡톡히 치르는 책 이름 없는 작가가 쓴 유명한 책 이름값을 하는 책 마지막에 가서 제 이름을 잊어버린 책 제 명분을 잃어버린 책 작품 뒤로 작가가 숨어버린 책 작품 대신 작가가 전면에 나서는 책 비싼 책 아무도 사지 않는 책 훔친 책 아무도 팔지 않는 책 가판대에 쌓인 책 수많은 사람들의 손때가 쌓인 책 누구나 다 읽는 책 창고에 쌓인 책 수북이 먼지 쌓인 책 그 누구도 읽지 않는 책 작가가 사랑하는 책 작가만 사랑하는 책 작가가 외면했지만 대중에게 사랑받는 책 한 번도 속을 내보인 적이 없어 적이 없는 책 스스로 입 벌리는 책 다물지 않는 책 내가 썼지만 그 안에 정작 나는 없는 책 16페이지가 감쪽같이 사라진 책 문체가 사라진 책 맥락이 사라진 책 책꽂이에서 사라진 책 도서관에서 사라진 책 나라에서 추방당한 책 물성을 상실한 책 거대한 먼지가 되어 떠돌아다니는 책 들 수도, 들을 수도 없는 책 오직 기억에만 있는 책 귀퉁이가 여러 번 접힌 책 잠자고 일어났더니 잠자코 사라져버린 책 아무 데나 버젓이 있는 책 아무 데서도 팔지 않는 책 말없이 잠자는 책 지구상에 남은 마지막 한 권의 책 막 발견된 책 갓 발굴된 책 내가 산 책 지갑을 열어, 마음을 열어 내가 살리는 책 마침내 책이 된 책 나의 책

읽다 만 책

평계는 언제든지 댈 수 있다
책 속에만 사연이 있는 것이 아니다

어려워요
재미가 없어요
취향에 안 맞아요
유행이 지났어요
제목과 달랐어요
시기를 놓쳐버렸어요
결말을 알아버렸어요
영화로도 나왔더라고요
최근에 야근이 많았어요
좀 한가해지니 앞부분이 기억나지 않았어요
급하게 읽을 다른 책이 생겼어요
더 좋아하는 작가의 신간이 나왔어요

끄집어내고 갖다 붙일 사연이 있다는 건 얼마나
다행인가

책 속의 주인공은 할 말이 있는데
우리는 입을 다물린다
책 밖에서는 우리가 주인공
할 말이 많아서
대사는 쉴 새 없이 쏟아진다
책 밖의 세계에서는 실시간으로 페이지가 넘어가
는데
책 속의 주인공은 머뭇거리고 있다
한동안 그럴 것이다, 혹은 영영

다문 입으로
다 읽은 책은 말이 없다
닫힌 입으로
읽다 만 책은 말이 없다

사다 만 책은 없다
빌리다 만 책이나 버리다 만 책은 없다

읽다 만 책만 있다

다 읽은 책에는 먼지가 쌓인다
읽다 만 책에도 먼지가 쌓인다
하루하루의 더께 속에서
기억과 망각이 동시에 일어난다

당분간 책갈피는 움직이지 않기로 한다
반쯤 열리거나 반쯤 닫힌 입으로
산 입에 거미줄을 치는 표정으로
제자리를 집요하게 더듬는 걸음으로

무수히 접한 처음들
무수히 남은 마지막들

마음이 한번 마음먹고 얼면 봄이 되도 녹지 않는다

3부 투명 위에 투명이

손

너는 내민다
백동으로 만든 동전 한 닢을 위해
너는 내민다
단팥으로 꽉 차 있을 찐빵 한 개를 위해

너는 내밀며 받고
너는 내밀며 준다

네가 쌍둥이어서 가능한 일이다
네가 야누스여서 가능한 일이다

너는 황급히 소매를 훔친다
너는 잃을 것이 없다

슬프지만 웃음 나는 일들이 있다

너는 피아니스트가 되고 싶었다
건반 위를 미끄러지고 싶었다

소리들을 주무르고 싶었다

엄지손과 새끼손을 최대한 멀어지게 하고
한동안 너는 그 안에서만 움직였다

세계가 커지는 데에는 한계가 있었다

너는 포갠다

네가 거울이라서 가능한 일이다
네가 너를 사랑해서 가능한 일이다

하나가 다른 하나를 가린다
부끄러움을 다 가릴 수는 없다
전쟁이 평화를 그리워하고
평화가 전쟁을 잊지 못하듯

남아 있는 네가 움찔거린다

네가 한 일을, 너는 알고 있다

당분간은
너만 알고 있기로 한다

네가 사람이라서 가능한 일이다

내일의 요리

내일은 언제나 배가 고픕니다
식욕이 베이킹파우더처럼 부풀어 오릅니다
모레를 위해서라도
사방에 소금을 뿌려야 합니다
뒷맛이 씁니다

오늘은 밥을 먹습니다
마음이 글루텐처럼 죽죽 늘어납니다
피부에 윤기가 자르르 흐릅니다
너를 생각하느라
첫맛을 느낄 겨를이 없습니다

어제는 쌀을 씻었습니다
신경을 쓰고 주의를 기울였습니다
하나의 명사를 위해
너무 많은 동사들을 소모했습니다
편지를 쓰고 해가 기울었는데도

아무도 오지 않았습니다
양 볼에 눈물이 주르르 흘렀습니다
너를 생각하느라

밥은 끓기도 전에
식을 준비를 하고 있었습니다

백화점

없습니다 없습니다 정신이 없습니다 돈이 없습니다 4층이 없습니다 재수가 없습니다 딸내미가 없어졌습니다 딸내미를 챙길 마음이 없었습니다 주의가 산만합니다 주의할 의사가 없습니다 주의할 검사도 없습니다 사은품이 다 떨어졌습니다 에누리가 다 사라졌습니다 에스컬레이터가 고장 났습니다 에스컬레이터에 몸을 싣는 사람들이 없습니다 그 사실에 기뻐하는 사람들이 없습니다 운동이 없습니다 정신이 없습니다 신용카드가 없습니다 할인도 없습니다 외상은 당연히 없습니다 지갑이 텅 비었습니다 주인의 표정이 없습니다 동정 따윈 없습니다 기대도 없었으므로 실망도 없습니다 처음부터 실체가 없었습니다 다음 방향이 없습니다 꾸물거릴 시간이 없는데도 발걸음이 떨어지지 않습니다 운동이 아예 없습니다

있습니다 있습니다 사람들이 있습니다 눈에 빛이 있습니다 눈에 열이 있습니다 타오르다가 끓어넘치는 두 눈이 있습니다 고장 난 에스컬레이터가 있습니다 비상구가 있습니다 튼튼하거나 튼튼하지 않은

두 발이 있습니다 튼튼하지도 않고 튼튼하지 않은
것도 아닌 두 발이 있습니다 저쪽에는 고장 나지 않
은 엘리베이터가 있습니다 딸내미가 없어진 줄도 모
르는 엄마가 있습니다 엄마와 떨어졌다는 사실을 알
고도 눈물 한 방울 흘리지 않는 딸내미가 있습니다
열심히 뻘뻘 녹고 있는데 아무도 거들떠보지 않는
아이스크림이 있습니다 아이스크림을 먹을 수 있는
입들이 있습니다 아이스크림을 외면한 마음들이 있
었습니다 유행을 선도할 옷을 입은 마네킹이 있습니
다 아직 오지 않은 것과 이미 와버린 것이 있습니다
휘둥그레지는 두 눈이 있습니다 겉치레가 있습니다
이미지가 있습니다 주의가 산만 합니다 산이 무너지
는 순간이 있을 겁니다

　3층에서 5층으로 넘어갈 때
　있는지 없는지 도통 알 수 없는
　이상한 감정이
　있습니다 없습니다

있다가도 없습니다

있었습니다

차악

보이는 병과 보이지 않는 병
들리는 욕설과 들리지 않는 욕설
읽히는 표정과 읽히지 않는 표정

나쁘거나
덜 나쁘거나

더 나쁘거나
다 나쁘다

나쁜 것들에

눈을 뜨는 사람
귀를 여는 사람
나쁜 것들을
읽기 시작하는 사람

페이지가 펼쳐지기 전

역전이 아니라
역전 앞에 서는 사람이 있다

앞에 가서도 한 발짝 더 앞으로 나아가려 하는 사람
맨 앞에서도 더 앞이 있다고 믿는 사람
허공을 수프처럼 휘젓는 사람
보이지 않는 소용돌이에 스스로 갇히는 사람
드는 병에서 걸리는 병이 되는 사람

역전이 아니라
기어이 역전 앞이라고 쓰는 사람
앞에 가서도 앞으로 더 쓸 것이 남아 있다고 믿는
사람

보이는 손가락질과 보이지 않는 손가락질
하는 말과 하지 않는 말
하는 거짓말과 하지 않는 참말

어떤 식으로든 기꺼이 나빠질 것이다

저울 없이도
한쪽으로 기울어지는 사람
입을 열면 바빠지는 사람
역전하듯 더 바빠지는 사람
역전 앞에서처럼 더욱더 바빠지는 사람

가리키는 방향도
나아갈 힘도
붙을 속도도
역전할 의지도

역 안에 원래 있었다
역 안에만 있었다

우리 학원

학교에 있던 학생들이
학원에 고스란히 앉아 있었다
준비물처럼
책상 위에 가만히 있었다
그리고 우리는 사용되었지 우리 학원에서
우리가 우리를 사용할 때
우리는 주어일까 목적어일까
영어 선생님이 물었지
자기도 모르면서
학생이었으면서
옛날에 우리 학원에 다녔으면서
샤프심처럼 뚝뚝 끊어지고
지우개처럼 똥을 끌고 다니고
자처럼 재기 바쁘다가
노트처럼 갈가리 찢어졌으면서

국어 영어 수학 과학 사회 음악 미술 체육
비결은 있었지만 도덕은 없었다

노트는 있는데 샤프가 없는 상황처럼
샤프는 있는데 샤프심이 없는 상황처럼
샤프심은 있는데 지우개가 없는 상황처럼
매시 매분 매초가
부족했다 위태로웠다

그래도 지구는 돌고

사회를 미처 다 배우지 못하고
사회에 투입되었던 학생들이
학원에 고스란히 앉아 있었다
준비가 완료된 준비물처럼
입을 앙다물고
마지막 학원에
마지막을 위한 학원에
죽을 준비를 도와주는 학원에

준비물은 둘 중 하나만 있어도 되었다
노쇠하고 병든 몸뚱이나 살고 싶지 않은 마음
우리 학원에는
이미 늙거나 벌써 아픈 우리가
우글우글 들끓었다
우리 학원에서 한 번쯤 만났던 친구들이
각도기처럼 앞과 좌우만 볼 수 있었던 친구들이
완벽한 준비물이 되어
360도 회전이 가능한 컴퍼스가 되어
샤프심이 장전된 샤프가 되어

우리 학원인데
우리 것은 아닌
국어 영어 수학 과학 사회 음악 미술 체육처럼
한 번도 우리 것인 적은 없었던
우리 학원에

더 이상 준비하지 않기로 마음먹은

준비물들이 있었다
원생이기를 이제 그만 포기하기 위해
난생처음 순순히
학원에 발 들인 학생들이 있었다

수업이 시작되었다

우리가 우리라고 말할 때
목적어에서 주어가 될 때
보어 없이도 완전해질 때

비로소 대명사가 된
우리는 뒤를 돌아보며
도덕은 다음 생에서 배우기로

샬레

과학실에는 자물통이 많았다
열쇠를 가진 아이는 아무도 없었다
열 살은 열쇠를 갖기엔 너무 어린 나이
아직 아무것도 열 수 없는 나이
하얀 가운을 입을 수 없는 나이
장갑을 끼지 않아도
손이 벙어리가 되는 나이
온몸이 함구하는 나이

과학실에는 손대면 안 되는 것들만 있었다
감히 만질 수 있는 것들이 없었다

비커는 비어 있었다
메스실린더의 눈금에는
도저히 파고들 빈틈이 없어
스포이트는 남몰래 눈물을 뚝뚝 떨어뜨렸다
막자사발에는 가루들이 옹송그리고 있었다
예고 없이 과학실 문이 열리면

커버글라스는 살얼음판보다 위태로웠다

손짓을 해도 가까이 오는 것들이 없었다

해가 지면
손 위에 손을 덮고
마스크로 표정을 가린 채
세균을 배양하는 사람들이 있었다
샬레의 뚜껑을 덮고
보이지 않는 것들이 보이게 될 때까지
현미경처럼 몸을 구부리고
손대면 안 되는 것들을
손대는 사람들이 있었다

손쓸 수 없어
창문 밖에서 발돋움을 하고
잘못 가져온 열쇠처럼
하얀 표정을 짓는 아이가 있었다

열 살이었다

하얀 가운을 입을 수 없어서
하얀 입김만 온몸에 맴돌고 있었다
샬레의 뚜껑을 덮듯
신중하게 눈을 감았다

투명 위에 투명이 배양되고 있었다

척

내 이름은 척Chuck이야
어느 날, 나는 나 자신에게 나를 소개했다

내가 나를 알은척하듯

내가 모르는 나를
실은 알지만 애써 모르는 척했었던 나를
내 이름은 척이니까
잠시 척이 아닌 척했었던 거지
아니 잠시만 척인 척했었던 거지

작은 카메라 앞에서는 예쁜 척
큰 카메라 앞에서는 순수한 척
더 큰 카메라 앞에서는 진지한 척

카메라도, 사회도 잘 돌아가는 척했다

나는 분명 학교에 다니고 있었는데

월요일에는 어김없이 전학생이 된 것 같았다

안녕, 내 이름은 척이야
인사를 할 때마다
내 이름은 안녕을 가장하는 것 같았다

친구들에게는 착한 척
선생님에게는 더 착한 척
가족들에게는 못된 척

착한 척할 수 있는 힘이 더 이상 남아 있지 않아서

밤마다 거울 앞에서는 눈물이 흘렀다
어깨가 수건처럼 젖어 있었다
젖은 수건처럼 바닥을 향해 있었다

시늉은 흉내가 되고 연기(演技)가 될 거야
결국 내가 되고 말 거야

114

수건이 젖은 몸으로 말했다
어깨를 추키려고 해도 소용없었다
이미 바닥에 달라붙어 있었다

나는 괜찮은 척 밖으로 기어 나왔다
오늘도 나를 모른 척 지나쳤다

이제 내일을 위해 착한
척할 궁리를 하며 잠자리에 들 것이다

반성하는 척하며
변화하는 척하며

매일 시작되는 끝
매일 끝나는 시작

내 이름은 척이야
나는 매일 반복된다

합평회

좋은 말만 하기 없기
나쁜 말을 꼭 한 번씩은 하기

자 누구부터 할까?

손바닥을 내밀고
선생님의 매를 기다리는 아이들이 있었다

먼저 맞는 매는 매서웠다

이 구절 어디서 본 것 같아
맞아, 그 시인의 그 시집에 있는 그 시의 두번째
연이랑 유사해
내 말이 바로 그 말이야!

그 누구들과 그 무엇들이 한꺼번에 쏟아졌다

맹해 보이는 아이조차

겉옷의 안주머니에
잘 드는 족집게나 면도칼, 송곳 하나씩은 품고 있
었다

기교만 있지 새로움은 없어
정작 네 이야기가 없잖아
진정성이 안 느껴져

오늘 함께 점심을 먹고 간식을 먹고 저녁을 먹고
커피를 마시며 연애에 대해 떠들던 그 아이들이 아
니었다

새겨들어
다 피가 되고 살이 되는 말이야

언제부턴가 자기 작품은 가져오지도 않는 선배
피가 되고 살이 되는 말을 얼마나 들었는지 잔뜩
뚱뚱해진 선배

맞는 자는
더 매서워진다
기싸움에서 밀리지 않으려면 야멸차져야 한다

이제부터는 육탄전이다

겨울인데도
교실에 난방이 안 되는데도
족집게나 면도칼, 송곳이 삐져나올지 모르는데도
얼굴이 벌게진 아이들이 겉옷을 벗기 시작한다
그 누구와 그 무엇을 찾아야 한다!

좋은 말은 하기 없기
꼭 나쁜 말만 골라서 하기

법대로 하다가는
살아남을 수 없을 것 같았다

다 이러면서 크는 거야
더 할 말 있는 사람?

인용되지 못한 마음만 교실 한구석에 웅크리고 있
었다

승부처

안팎에 사람이 있다

안에 있어서 불안한 사람
창문 밖을 흘끗 내다본다
아무도 없으면
시간을 벌 수도 있다

안에 있는 사람은 더 이상 들어갈 데가 없다
막혀 있다고 느낀다

재떨이에 수북이 쌓인 담배꽁초처럼
초라하고 고단하다

밖에 있어서 외로운 사람
건물을 올려다본다
아무도 없으면
시간에 쫓길 수도 있다

밖에 있는 사람은 더 이상 나갈 데가 없다
갇혀 있다고 느낀다

재떨이에서 벗어난 담뱃재처럼
외롭고 서럽다

위로 올라갈 수도
아래로 내려갈 수도 있는
층계참에서

사람이 사람을 기다린다
사람이 사람을 경계한다

안팎과 무관한
벽과 문이
촉(觸)을 바짝 세우고 있다

졸업 시즌

더 이상 들을 수업이 없는데도
학교에 남아 있었다
갈 데가 없었다

빛나는 졸업장은 곧장 서랍 속으로 들어갈 것이다
서랍 속에서 나날이 빛이 날 것이다

친구들은 자연스럽게 뭉쳤다
갈 데가 있는 친구들은
옷을 사고 차를 사고
이성의 환심을 사고
갈 데가 없는 우리는
양심을 파는 대신
쌀을 팔기 위해
사서 고생하기로 마음먹었다

안 될 걸 알면서도 하는 일이란
몸과 마음을 다 주어야 한다

우리는 어쩔 수 없이 투명인간이 되어간다

어제는 미래를 상상했고
오늘은 오늘을 경험했고
내일은 어제를 후회했다

시간은
빛이 달아나는 속도처럼 빠르거나
빚이 불어나는 속도처럼 더 빨랐다

졸업 직전, 친구 중 하나가 휴학했다
졸업 직후, 친구 중 하나가 대학원에 갔다

학교에 발붙일 틈이라도 있다는 게 얼마나 다행
인가

갈 데가 없어서

우리는 구내식당에 밥을 먹으러 갔다

밥을 먹으려고 입을 벌렸는데 말이 튀어나왔다
우리, 나중에 이런 식당 하나 차리자

꿈보다 해몽이 좋구나
꿈이라도 꿀 수 있다면

서바이벌

우리 중 하나는 이제 떨어진다는 거죠?
우리는 별로 중요하지 않았다
하나만 중요했다

살다의 반대말은 죽다가 아니야
떨어지다지
내가 살아남았다는 것은
누군가는 떨어졌다는 것이다

오늘부로 너는 우리에서 이탈하게 된다
우리로부터 떨어져 나가게 된다

감정은 수용성(水溶性)이라
떨어진 자는 떨어져서 울고
떨어지지 않은 자는 떨어지지 않아서 운다

편성표가 말한다
슬퍼할 시간을 딱 일주일 주겠다

그사이
지난주에 네가 살아서 열광하던 사람들이
너를 집요하게 비난할지도 모른다
너는 갈수록 가볍고 희미해질 것이다

네가 없는데도
남은 자들은 우리를 만든다
취향도 다르고
성격도 다르고
비슷한 것이 하나 없는데도
살아남았으니까
또 한고비를 넘겼으니까
일주일 동안 우리는 함께 슬퍼한다

시간이 흐를수록
우리의 규모는 점점 작아진다
하나에 가까워진다

우리 중 하나는 이제 떨어진다는 거죠?
정확히 일주일 후,
우리가 입을 모아 말한다
유일하게 우리가 우리 같은 순간
너 나 할 것 없이 침을 삼키는 순간

하나만 남았다
나만 남았다

오늘부로 나는 우리라는 말을 쓸 일이 없게 된다

청춘

거센소리로 머물다가
된소리로 떠나는 일
칼이 꽃이 되는 일
피가 뼈가 되는 일

어떤 날에는
내 손이 내 마음대로 움직이지 않았다
내 손은 내가 아니니까
내 마음이 아니니까

자유는 늘 부자연스러웠다

몸의 부기를 빼는 일
마음을 더는 일
다시
예사소리로 되돌아가는 일

꿈에서 나와 길 위에 섰다
아직, 꿈길 같았다

어른

종이가 찢어지고 있다

"나는"으로 시작되는 문장과
"뛰어갔다"로 끝나는 문장이
"여기"와 "거기"를 경계로 나뉘고 있다

나는 어디에 속할 것인가

여기에 있으면
뛰어가지 않아도 된다
끝장을 보지 않아도 된다

주린 배를 움켜잡고
"나는"으로 시작되는 이야기를 상상할 수 있다

거기로 가면
뛰어간 이유를 알 수 있다
결말을 점치지 않아도 된다

"뛰어갔다"고 말하고 한동안 헐떡일 수 있다
부른 배를 움켜쥐고
다음 문장이 튀어나오는 걸 막을 수 있다

종이가 찢어지고 있는데
두 다리가 컴퍼스처럼 찢어지고 있는데
여기와 거기가 멀어지고 있는데

중심이 두 개라
원을 그릴 수가 없는데
둥글게 살 수가 없는데

다시 꿈꾸기가 겁나는데
섣불리 끝내기가 부끄러운데

두 다리를 오므리기에는 너무 커버려서

나는 여기에서

거기로 뛰어갔다

질서

늦은 사람들은 신호를 위반하고
늙은 사람들은 법을 위반하지
그들이 법이기 때문에
자기 부정은 자기 갱신으로 거듭나지
법전에는 예외 조항이 늘어나지
넥타이가 점점 짧아지는 동안
목이 졸려 숨 막히는 사람들은 따로 있었지
말은 물 같고 성격은 불같아서
물불 가리지 않고 덤벼들 수 있었지
흐를 때와 고일 때를 잘 알아서
자기 비하는 겸양지덕으로 둔갑하지
덕은 떡처럼 도타워지지
없이 여기거나 업신여기는 식으로
법이 설령 중립적일 때에도
법전은 이미 중의적인 문장을 쓰고 있었지
들이받는 게 아니라 들이치는 식으로
사고(事故)로 위장한 채 사고(思考)를 치며
갑남(甲男)을 물들이며 을녀(乙女)를 불붙이고 있

었지

    하나밖에 없어서 입은 틀어막기 쉬웠지
    신호는 빨간불에서 좀체 바뀔 줄을 몰랐지
    법은 관습법처럼 굳어졌다가 악법처럼 활개를 쳤지
    이윽고 늦은 사람이 늙은 사람이 되었을 때

    그릇된 것은 죄다 그릇이 되어 있었지
    철옹성처럼 단단해서
    섣불리 두드릴 수도,
    진흙처럼 물러서
    선선히 발 담글 수도 없었지

폼

감상을 하라고 해서
맘 놓고 감상을 했다

시간이 흘렀다
아무도 들어오지 않고
아무도 나가지 않았다

꽉 차 있었다
모든 입자가
꽉이라는 단어를 향해 있었다

감상을 마치자
어떤 형태를 요구했다

감상에서 느낌이 빠져나갔다

어떤 형태를 요구하던 사람들이
어떤 형식을 요구했다

보는 것과 보이는 것이 달라졌다

폼을 구성하기 위해
폼을 잡았다

감상에서 유희가 빠져나갔다

종이 위에 별만 몇 개 덩그러니 남았다

반의반

너에게 반을 줄게
나는 나머지 반을 가지면 되니까

나는 반과 반을 합치면 하나가 된다고 생각했다
너는 하나와 하나가 만나면 둘이 된다고 생각했다

나는 불완전했고
너는 가득 차 있었다

가뭄과 홍수 사이에서
우리는 자유롭지 못했다

채울 것이 간절한 사람에게는
희망이 있었다

증식할 것이 필요한 사람에게는
욕망이 있었다

반반이었다

너는 반밖에 안 되어서
반나절 만에 그것을 다 써버렸다

터벅터벅 돌아오는 네 몸뚱이는
반으로 쭈그러들어 있었다
두 눈에는 빛이 있었다
빈손에는 여지가 있었다
움켜쥘 것이 아직 남아 있었다

나에겐 아직도 반이 남아 있단다

나는 반의반을 떼어주었다
네가 그것을 떼어먹을 것을 알면서도

반에 반했다가
반에 반(反)해버리듯이

갈 때는 반이면 충분했다가
돌아올 때는 반으론 부족하다는 듯

네 몸뚱이의 반만 보여주고
너는 뒤돌아섰다

반나마 늙을 때까지
너는 기억하지 못할 것이다
부풀고자 하는 것의 관성은 대단하므로
갚는 것은 소모를 거역하는 행동이므로

반반이었다

반에 반을 더해도
너는 하나가 되지 않았다 언제나
또 다른 반이 더 필요했다

아무리 반으로 쪼개도

나는 아직 있다
나머지 반이
반의반이
반의반의 반이

콩알만 해졌다가
팥알만 해졌다가
티끌처럼
손가락으로 집을 수 없을 만큼 작아진 반이

나는 그 반으로 다시 시작할 것이다
태산과 점점 더 멀어질 것이다

청문회

이 시를 당신이 썼습니까? *기억이 잘 안 납니다.* 2002년 봄에 무슨 시를 쓰고 있었습니까? 당신의 컴퓨터에 다 저장되어 있습니다. 막 복구한 하드디스크가 여기 제 손 안에 있습니다. *그 당시의 제가 썼다는 것을 완전히 부정하는 것은 아니지만, 지금의 제가 생각하기엔 제 시가 아니라는 생각입니다.* 발뺌을 하시는 건가요? *오해가 있었습니다. 불필요한 오해를 야기할 시를 쓴 제 잘못입니다.* 이 시가 본인의 시라는 것을 인정하는 건가요? *다 옛날 일입니다. 저는 지금 새사람입니다. 새로운 시, 이 시대에 걸맞은 시를 쓰고 있습니다.* 시 쓴 것을 인정한 것으로 알겠습니다. 이 시 말고도 문제가 될 만한 시들이 많다고 하던데 사실입니까? *그런 시들이 있었습니다만, 전부 다 그런 시들은 아닙니다.* 아까는 왜 아니라고 했습니까? *기억에 의존하다 보니 결과적으로 거짓말을 한 꼴이 되어버렸습니다.* 위증까지 하셨다는 겁니까? *저는 그저 위에서 시키는 대로 했습니다.* 위가 대체 어디입니까, 누구입니까? *젊은 시*

절의 제 치기입니다, 제 불찰입니다. 자꾸 그렇게 말 바꾸기를 하실 겁니까? 경황이 없었습니다. 어렸을 때부터 국어사전을 펼쳐 불온한 단어에만 밑줄을 그었다는 게 사실입니까? 저는 한국어를 사랑한 죄밖에 없습니다. 작란(作亂)이라는 동인에 가담해서 장난을 치고 다닌다는 게 사실입니까? 그건 적법한 행위입니다. 왜 헌법에도 나와 있지 않습니까, 집회·결사의 자유를 가진다고. 지금 장난하자는 겁니까? 작란은 예전부터 이미 하고 있습니다. 그 장난으로 피해를 입은 사람이 없었습니까? 다 제 부덕의 소치입니다. 주변 사람들을 잘 돌보겠습니다. 장난에도 수위가 있는 걸 모르십니까? 소꿉장난, 흙장난, 불장난, 도깨비장난…… 도깨비장난이 뭔지 물어봐도 되겠습니까? 밑줄을 그을 단어가 나온 것 같습니다. 지금 저랑 말장난하자는 겁니까? 제가 예상했던 질문이 아닙니다. 지금 즉답을 회피하시는 겁니까? 정신이 없었습니다. 제게 한 10초만 숨을 쉴 수 있는 여유를 주시겠습니까? 시인들은 다 그런가요? 질문

을 이해하지 못했습니다. 시를 쓰면서 한 번이라도
누군가에게 상처 준 적 없습니까? *가슴 깊이 후회하
고 있습니다. 송구스럽게 생각합니다.* 이 시가 문제
가 된다는 걸 부인하지 않겠습니까? *문제 될 게 없
습니다.* 다 없다고만 하니, 그럼 지금 대체 뭐가 있
습니까? *거의 모든 말에는 숨겨진 날이 있습니다.*
저랑 농담하자는 건가요? *유감스럽게 생각합니다.
어제 잠을 잘 못 자서 그렇습니다.* 마지막으로 다시
한 번 묻겠습니다. 이 시를 당신이 썼습니까? *시인
하겠습니다. 백기 대신 백지를 들겠습니다. 더 쓰겠
습니다.*

4부 나머지 말

좋은 냄새가 나는 방
—J에게

좋은 냄새가 나는 방에 들어갔어. 숨을 힘껏 들이쉴 수 없었어. 그 냄새들이 내 몸속으로 다 날아들까 봐. 내가 그 방의 냄새를 다 앗아갈까 봐. 냄새 때문에 내가 옅어질까 봐. 지워질까 봐. 오직 냄새가 나를 증명할까 봐. 내가 냄새처럼 고였다가 냄새처럼 머무르다가 냄새처럼 사라질까 봐. 좋은 냄새가 나는 방이 그냥 방이 되면 아무도 찾지 않을 것 같았어. 냄새가 있었다는 사실만 아슴아슴 떠오를 것 같았어. 좋은 냄새가 나는 방에서 좋은 냄새가 "나는 방"이라고 말했어. 방과 냄새가 한 몸이 됐어.

좋은 냄새를 남겨두고 좋은 냄새가 나는 방에서 나왔어. 좋은 냄새가 아직 주위에 남아 있었어. 내 몸에 남아 있었어. 방에서 나와서 방에서 점점 멀어지는데 여전히 곁에 있었어. 마음이 작용하고 있었어. 숨이 있었어. 몸이 반응하고 있었어. 헐떡임이 있었어. 다른 방에 들어가도 지워지지 않을 것 같았어. 내내 좋을 것 같았어. 내리 냄새가 날 것 같았어. 남겨둔 것이 모자란 것처럼 절박했어.

방을 빼도 방은 남아 있었어. 둘이 들어갔다가 혼자 나왔지만 냄새는 언제나 냄새들로 있었어. 나에게서 너를 빼도 아직 내가 있었어. 반을 빼도 반이 남아 있었어. 온기 같은 허기가 남아 있었어. 냄새가 기억에서 멀어진 만큼 냄새가 좋았다는 사실은 더 분명해졌어. 좋은 냄새가 더 좋은 냄새가 되고 있었어. 냄새란 말에서 영영 지워지지 않을 상서로운 냄새가 났어. 냄새가 있었어. 냄새들이 있었어.

좋은 냄새를 잊고자 무작정 다른 방에 들어갔어. 어떤 방에 가도 좋은 냄새가 기어이 새어 나왔어. 그 냄새에 나는 기꺼이 스며들었어. 좋은 냄새가 나는 방에서 이제 멀리 왔는데, 너무 멀리 와서 어디 있는지조차 까마득한데, 좋은 냄새는 더욱 가까워졌어. 타고난 냄새처럼 자꾸 살갗을 파고들었어. 나는 "방"이라고 말했어. 방과 내가 한 몸이 됐어. 빈 방이 좋은 냄새로 가득 차올랐어. 냄새의 방향을 따라 방 안이 집요해졌어.

창밖으로 연기가 보였어. 좋은 냄새가 나던 방에

서 연기가 나고 있었어. 좋은 연기로. 풍기는 것에서
피어오르는 것으로. 좋은 냄새가 나는 방에서 좋은
연기가 나는 방으로, 나는 확산(擴散)하고 있었어.
기운이 되기로 몸소 마음먹었어. 몸과 마음이 한 몸
이 됐어. 한마음이 됐어. 한방이 됐어.

움직씨는 움직인다

방향이 있다 흐름이 있다 여기가 바뀌려고 한다
바뀐다 바뀌었다 바뀔 것이다 움직일 것이다 여기는
좀체 여기 머무르는 법이 없다 여기에서 벗어나려고
한다 방향은 흐름을 의식하지 않는다 흐름은 방향을
의심하지 않는다 움직씨는 움직인다 덩달아 여기도
움직인다 방향은 일정하다 흐름은 순탄하다 속은 끓
고 있는데 타고 있는데 상하고 있는데 썩고 있는데
터지고 있는데 속없이 겉은 멀쩡한 채로

흐른다 흐름이 있다 방향이 있다 방향은 몸을 틀
지 않는다 누가 억지로 등을 돌려놓으면 뒤로 걷는
다 뒤로 흐른다 맞바람이 불어오면 몸을 웅크린 채
걷는다 웅크려 흐른다 겨우 흐른다 어떻게든 흐른다
흐름은 엔간해선 바뀌지 않는다 흐름에는 고집이 있
다 방향이 그쪽으로 나 있다 속은 뒤집어지고 있는
데 앓고 있는데 거북해지는데 속속들이 파먹히고 있
는데 속절없이 겉멋 든 채로

움직씨는 움직인다 방향이 있다 힘든 쪽에서 힘찬
쪽으로 혹은 그 반대로 아는 쪽에서 모르는 쪽으로

성내는 쪽에서 힘내는 쪽으로 힘없는 쪽에서 막힘없
는 쪽으로 물드는 쪽에서 속죄하는 쪽으로 여기에서
여기로 여기였던 곳에서 여기인 곳으로 그러고도 모
자라 다시 여기일 곳으로 여기에 머물지 않는 방향
으로 여기를 배신하는 심정으로 속을 까발리듯 털어
놓듯 아낌없이 다 버리듯

　방향은 있다 흐름은 있다
　움직씨는 있다 움직임은 있다

우발적

창밖의 풍경. 개가 짖는다.
네 개가 짖는다. 네 발로 짖는다.

먹을 사람이 식당에 들어선다.

창 너머 웨이터는 기다린다. 주문하기를. 식당이
문을 연 이후, 메뉴는 기다렸다. 선택받기를. 식당
문을 열기 전부터 사장은 기다려왔다. 성공하기를.
부디
제일 낯선 이름을 고른다. 이걸로 주세요.
시간표는 잊는다. 다이어리는 찢는다. 뒤꿍무늬들
이 사방에 날린다. 하품과 그림자는 길어진다. 목이
빠지듯

먹는 사람이 식당에 앉아 있다.
먹을 사람이 먹는 사람 앞에 앉는다.
눈빛으로 웨이터에게 말한다.
그걸로 주세요.

이야기는 길어진다. 대화는 짧아진다. 유리잔에서 물방울이 흐른다. 창밖에서 비가 내린다. 네 개가 대가리를 흔든다. 네 개의 자유*처럼, 짖는 소리가 분절된다. 이야기에 미세한 균열이 간다. 매끄럽지 않아도 된다. 어떻게든 다음 문장으로 흘러가기만 하면 된다.

사는 게 팍팍해서 찬밥인 줄 알면서도 찬물에 말아 먹었어요. 차고 찼어요. 치밀어 올랐어요. 차올랐어요. 그 리듬으로 그 시절을 통째로 말아먹었어요. 먹을 사람은 껄껄 웃는다. 먹는 사람은 껵껵 목이 막힌다. 부끄러워도 된다. 어떻게든 식도 뒤로 흘러가기만 하면 된다.

먹은 사람이 일어선다.
먹을 사람이 먹는 사람이 된다.
먹을 사람이 되기 위해
식당 안에 들어서는 또 한 사람.

사장이 잠재적으로 웃는다.
웨이터가 현재적으로 움직인다.

시간표를 어기고
네 개가 입맛을 다시기 시작한다.
먹은 사람이 트림을 한다.
메뉴에도 없던
이야기가 일단락된다.

시킨 음식이 아닌 다른 음식이 나왔다. 풍경이 움
직인다. 된다. 창 너머의 일.
먹을 사람이 말한다.
이게 그게 아니잖아요. 목이 날아가듯

웨이터가 뒤꽁무니를 뺀다.
그림자가 짧아진다.
식당 문이 말문처럼 열린다.

먹고 들어가듯
먹던 사람이 다이어리 속으로 사라졌다.
먹고 떨어지듯
계산은 딱 머릿속으로 했다.

* 인간에게 보장되어야 할 네 가지 자유. 1941년 1월 6일 미국의
대통령 F. D. 루스벨트가 의회에 보내는 연두교서에서 한 말로, 언
론과 발표의 자유, 신교(信敎)의 자유, 궁핍(窮乏)으로부터의 자유,
공포(恐怖)로부터의 자유를 의미한다.

애인

애인을 만났다

말이 앞서거나 마음이 뒤로 숨어
몸이 말이 아니었던

아는 것은 힘이고 모르는 건 약이어서
힘만 장사거나 온종일 약에 취해 있었던

너무 어리거나 너무 늙어서 제대로 울 줄 몰랐던

아침마다
퉁퉁 부은 눈을 가리키며
우리는 마음 놓고 함께 웃었다

몸은 무거운데 마음은 가벼워
몸이 마음대로 움직이지 않았다

애인을 사랑했다

사랑하는 사람을 사랑했다

약을 먹고 힘을 내자
말이 몸을 갖게 되었다
말이 아닌 몸이
몸이 된 말을 하듯
알쏭달쏭한 표정을 갖게 되었다

우리는 몸말이 되어
마음을 구하기 위해
짝짝이 신발을 신었다

바깥으로 나가야 비로소 안에 들어올 수 있었다

함구하는 손

너의 입을 틀어막고 나니
내가 할 말이 없어졌다

혼잣말을 하며 외출 준비를 한다

머리를 뒤로 넘기기에 제격인 손
연출을 준비할 때 우아한 손
나를 표현하는 손

반갑습니다
나는 밝게 웃으며 손을 내민다

다른 손과 맞잡기에 적격인 손
연출할 때 우직한 손
순간을 새기는 손

첫인상을 위해
나는 하지 않아도 될 말까지 한다

테이블 아래서
닫힌 손이 자꾸만 꼼지락거린다

너는 여전히 손으로 입을 가린 채 있을 것이다
입을 두 번 다문 채 있을 것이다

기억한다
내가 거짓말을 할 때마다
너의 두 손이
허공을 휘휘 젓거나
허우적거리고 있었다는 사실을

나는 화가 난 나머지
손아귀에 나머지 힘을 모두 집어넣었었다

반가웠습니다
참다못한 나는 자리에서 일어나
손을 통째로 내밀었다

주먹을 쥔 채로 내민 손을
누가 잡을 것인가
누가 감싸 줄 것인가

손을 만나지 못한 손은
허공의 갈피를 잡지 못한다

아직까지 나는 주먹을 펴지 않고 있다
속에 든 게 없으므로
꺼낼 마음이 없으므로

짠

잔이든 시선이든
마주칠 때
액체가 흐른다

마음에 금이 간다

집에 오는 길에는
뒤를 돌아다보았다
그림자가 제대로 있는지
발자국이 제대로 찍히는지
혹시라도

주워 담을 것이 있는지
한 방울이라도

마주치되 맞추지는 못해서
거리는 늘 파편이었다

느낌

중요해. 자아내는 게. 중요해. 충만한 게. 사로잡히는 게. 지울 수가 없는 게. 중요해. 주고받는 게. 입으로 주고 귀로 받는 게. 눈으로 주고 눈으로 받는 게. 되로 주고 말로 받는 게. 어처구니없이 풍요로워지는 게. 마음으로 주고 마음으로 받는

느낌이 중요해. 몸이 알아차리는 게. 마음이 깨닫는 게. 몸이 마음을 움직이고 마음이 몸을 일으키는 게. 중요해. 아우르는 게. 몸으로 생각하고 마음으로 말하는 게. 중요해. 어울리는 게. 허리를 마음껏 굽히는 게. 마음을 몸처럼 구부리는 게. 틈을 틔우는 게.

결국 느낌이 중요해. 속해 있다는 게. 비집고 들어갈 수 있다는 게. 가능하다는 게. 여지가 있다는 게. 여기가 내 공터라는 게. 무엇이든 해도 된다는 게. 아무것도 하지 않아도 된다는 게. 스스로 한마음이 되기로 마음먹는 게. 마음을 동강 냈다가 다시 이어 붙이는 게.

그러니까 결국 느낌이 중요해. 사생활보다는 사생활이 지켜지고 있다는 느낌이. 진짜보다 더 진짜 같

은 가짜가. 숭늉보다는 아무래도 시늉이. 식어빠진 피자 한 조각이 아닌 빈 접시와 흰 냅킨이 놓인 내 자리가. 내가 없을 때에는 알아서 온기 없는 내 자리가. 애타게 나만 기다리는 내 자리가.

다시 말하지만, 그러니까 결국 느낌이 중요해. 정의보다는 어딘가에는 정의가 반드시 존재한다는 느낌이. 이것보다는 어떤 것이. 아무짝에도 쓸모없을지 모를, 아무 데나 다 들어맞을지 모를 어떤 것이. 혼자 있어도 법석이는, 번갯불에서 불쑥 튀어 오르는 콩알 같은 것이.

마지막으로 다시 말하지만, 그러니까 결국 느낌이 중요해. 부자라는 사실보다 부자라는 느낌이. 살아 있다는 사실보다 살아 있다는 느낌이. 어색한 헛기침 백 번보다 시원한 재채기 한 번이. 생(生)보다 더 생생하고 쌩쌩하게 휘몰아치는, 흐느낌 같은 바로 그 음(音)이!

맥거핀

12월 31일 23시 59분

이 세계는 지금 통과하고 있는 중이다

때마침 별똥별이 하나 떨어지고 있다

잠시 후면 내 삶은 새로 시작될 것이다
나는 그 삶을 새로 시작할 것이다

이 나라를 좌지우지할 비밀을 알게 될 것이다
당신을 놀랠 사람이 될 것이다
내가 몰랐던 감정을 표현할 수 있을 것이다

별똥별의 자취를 한창 더듬을 때
때마침 새해가 밝았다

나는 지금 중요한 일을 하고 있습니다
하늘을 가리키는 집게손가락이 떨리고 있다

내가 놀랠 사람들이
모두 주인공이 되어 나를 놀래고 있었다
이미 순간을 살고 있는데 아직 기다리는 사람이
되어 있었다
내일이 와도 미련이 남아 있었다

주인공들이 1월 1일에 처음 한 말은 "아"였다
이 세계가 통과하여 도착한 곳은 이 세계였다

때마침 배가 고파서
별똥별을 기억하는 사람은 아무도 없었다

묵묵

누가 이 꽃병을 깨뜨렸니?
옆집 아이가 그랬어요

누가 변명하라고 가르쳤어?
TV에서 그랬어요

TV에서 대체 누가 그렇게 말했어?
글쎄, 파마를 한 어떤 아줌마가 그랬다고요

먼 곳에서 찾던 사람들이
가까운 곳으로 점점 다가왔다가

가까운 곳에서 먼 곳으로
먼 곳에서 보이지 않는 곳으로
거짓말처럼 사라졌다

떠넘기다가
주위를 둘러보니

걸고넘어질 게 없었다 도무지
거리를 가늠할 수 없었다

신나게 떠들어도
매질(媒質)은 묵묵했다

국을 떠 넘기다가 목에 걸렸다
목구멍 뒤로 떠미는 데 실패했다

내가 그랬어

누가 묻지도 않았는데
숟가락을 떨어뜨렸다
목울대가 홀로 뜨거워졌다

문탠*

언제나 동그란 것이 지고
이따금 동그란 것이 떴다

취한 사람들의 울음이
그을음이 되고 있었다 떼를 지어
구름이 몰려오고 있었다

나도 뜬구름이 되어 구르기 시작한다

우리는 밤의 사람
밤에 일어나 꿈꾸는 사람
밤에 뒷감당을 하는 사람
밤에 뜨거워져서
사달을 내야 하는 사람이다

기다리는 사람이다
서성이는 사람이다
잠자코 머물지 못하는 사람이다

머리를 굴리다
감정에 그을리는 사람이다

마음을 공글리며
태연하게 농담을 던지는 사람이다

뜬구름 위로
다달이 달이 떠올랐다
꺼이꺼이 기꺼이

몽롱으로 기울어진다

* 문탠moontan: 햇볕에 몸을 태우는 선탠suntan과는 달리, 달빛
을 한껏 받으며 어슬렁어슬렁 산책하는 일을 가리킨다.

절반이라는 짠한 말

봄이 점점 힘들게 찾아온다
힘들게 와서
기척 없이 사라진다
보기도 전에 입맛 다시게 하는 요리처럼
입맛 다시다가 싱겁게 끝나버린 식사처럼

빈 접시는 쓸쓸하다
잉여는 잔해를 동반하므로
잔해는 기억을 동반하므로
기억에 있어서는
명보다 암의 유통기한이 더 기므로

칼질하던 기억은 생생하다
그것은 감각적이었다
접시와 포크가 마찰하던 순간에는
눈꼬리가 올라가 표정이 되었다
칼이 고기 표면에 닿던 순간에는
입꼬리마저 올라가 표정이 풍부해졌다

고전음악이었는지 팝음악이었는지
기억나지 않는다
그것은 식사 분위기와 어울렸으므로
침묵에도 대화에도 적당했으므로
시간처럼 자연스럽게 흐르기만 했으므로

칼로 고기를 썰다 핏물이 흘러나왔다
너도 모르게 피식 웃어버렸다
나도 모르게 잔인해졌다
우리는 인간답게
인간적으로 물들고 있었다

완벽해서 할 수 있는 것이 별로 없었다

말을 반으로 줄였다
애써 아끼는 방식이 아니라
끔찍이 아끼는 방식으로

생각을 반으로 줄였다
희망을 버리는 방식이 아니라
습성을 버리는 방식으로

목구멍으로 스멀스멀 올라오는 것이 있어
수프에 소금을 친다
초를 치는 기분이 아니라
잰걸음을 치는 기분으로
소금을 치며 우리는 감각적으로 싱거워진다
인간적으로 만족해한다

봄은 제 모습을 절반만 드러내고 사라졌다
말할 생각도
생각할 겨를도
아지랑이처럼 아질아질했다

시선을 거두는 자들은

반만큼

절반만큼

딱 절반만큼만 짠해졌다

나머지 말은 가슴 어디께 있었다

홀

홀에는 사람이 많았다
말을 걸 수 있는 사람이 없었다

사람이 홀에 있었다
홀이 사람과 있었다

홀이 쓸쓸할 때
홀로 있을 때

홀이 가장 쓸쓸할 때
홀을 가득 메운 사람들이
홀연히 사라져버렸을 때

홀수가 되었을 때

홀에는 사람이 있었다
사람이 있었던 자리에
구멍이 숭숭 뚫렸다

옷에 구멍이 난 것처럼 부끄러웠다
그 구멍 속으로 온몸을 숨기고 싶었다

접시가 실려 가고
샹들리에가 꺼지고
그림자가 사라지고
텅 빈 공간에
적막이 텅 내려앉을 때

홀몸이 되었을 때
식은 줄도 모르고
마음은 곁을 향할 때

그새가 홀홀 날아가
홀이 홀로 빨려 들어갔을 때

홀은 홀로서

커다란 구멍이 되었다

홀이 있었다
홀이 사람에 있었다

흡혈성

너희들은 나를 닮았어. 너희들은 작고, 나를 닮았어. 너희들은 작고, 집요하게 나를 닮았어. 너희들이 나를 참조했어. 너희들이 나를 창조했어. 한 몸에서 지분을 받아 떨어져 나온 것처럼, 나는 너희들을 닮았어. 나는 크고, 너희들을 닮았어. 나는 크고, 지독하게 너희들을 닮았어. 너희들은 오리지널처럼 당당해. 거울처럼. 나는 오리발처럼 당황해. 거울을 본 사람처럼. (나도 모르게) 나는 문득 작아진다. 쪼그라든다. 말라붙는다. 금이 간다. 지나치게 너희들다워진다. 너희들 대열에서, 나는 이탈한다. 나는 그만 자격을 상실했어. 닮을 자격을. 좋아할 자격을. 자신이 없어서 나는 나 자신도 닮지 못했어. 뼈가 앙상해진다. 살이 쪽쪽 빠진다. 나는 닮아빠진다. 이제 너희들은 작고, 나는 더 작아. 너희들이 나보다 더 작아지면 나는 당황할 거야. 세포 하나하나 맛이 갈 거야. 갈 데까지 갈 거야. 침을 삼키며 눈을 감아버릴 거야. (나 몰라라 하며) 너희들은 입맛을 다시다가 서로 흡혈을 하기 시작한다. 너희들은 작고, 이토록 살고 싶어 한다. 나는 더 작고, 이토록 애달프다. 이상해. 지금 내 살이 빠져, 앙상해져, 창백해져. 나는 점점 나에게서 멀어진다. 낯설어진다. 심지어 너희들은 냄새가 난다. 내가 싫어하는 냄새, 작지만 커다란 냄새, 내 냄새. 부위에 따라 크고 작은 냄새. 나는 다시 나를 끄집어낸다. 혀를 뽑고 꽁꽁 숨겨왔던 달팽이관을 꺼낸다. 동공이 공동(空洞)처럼 커진다. 콧물이 흘러나온다. (모른 척하듯) 부위들은 제각각이다. 큰 부위, 작은 부위, 크지도 작지도 않은 부위. 나와 더 닮은 부위, 나와 덜 닮은 부위. 너희들이 나를 일으켰어. 바로 너희들이 나를 찬조했어. 다름 아닌 너희들이 나를 창조했어. 나는 내일에 등 돌려 어제 쪽으로 다가선다. 정오의 그림자처럼 자발적으로 짧아진다. 단단해진다. 농밀해진다. 너희들은 큰맘 먹고 압축된 나를 첨부한다. 내가 아닌 것 같은 나를. 있는 줄 까맣게 몰랐던 부위들을. 더 작은 나의 몸에서 피가 툭툭 떨어진다. 덜 작은 너희들이 입맛을 다신다. 거울이 와장창 깨진다. 희망을 더 절망한

176

다. 절망을 덜 희망한다. 너희들은 크고, 크게 웃는
다. 나는 작고, 작게 속삭인다. (모르면 몰라도) 나를
닮아서 낯선 너희들, 피 같은, 피톨 같은 너희들……

시간차공격

기다리는 사람
찾아오는 것

시간에 금이 가던 순간
순간에 윤이 나던 시간

시간은 길지 않고
순간은 많지 않아서

금은 틈을 내고
윤은 무늬를 이루었다

시간은 촘촘하지 않고
순간은 아질아질해서

그 틈에 발이 빠진 적도 있었다
그 무늬에 넋을 빼앗겨 한데 어룽진 적도 있었다

기다리는 것

찾아오는 사람

문이 열렸다
공기가 들어왔다
몇 개의 단어가 사연을 품고 따라 들어왔다

하나의 몸뚱이에서
겹침이 일어났다

시간이 오직 순간이던 때가 있었다
순간이 시간을 꽉 채우던 때가 있었다

문이 열렸다 닫혔다

벌써 찾아오고 난 뒤에
아직 기다리는 움직임이 있었다

충만한 상실감이 있었다

오픈

열었어
잠긴 문을 열었어
쪽문을 열었더니 대문이 열렸어
마당 구석에서
장독을 열었어
갈등처럼
해묵은 것을 열었어
구석이 중심처럼 드러났어
목청 좋은 누군가가 동창회를 열었어
솜씨 좋은 누군가가
뽐내듯
생선 배를 열었어
눈깔을 뒤집듯
냄비를 열었어
아무것이 모든 것처럼 열렸어

눈물 많은 누군가가 송년회를 열었어
사연 많은 누군가가 입을 열었어

모인 사람들이 일제히 귀를 열었어
눈물 많은 누군가가 가슴을 열었어
열린 사연이 열띤 함성을 불러왔어

눈물 많은 누군가가
오픈이란 낱말을 열었어
열꽃처럼
열림이 열렸어
열린 게 또 열릴 수 있다는 게
다 열리고도 더 열릴 수 있다는 게
놀라웠어

열렸어
열병이 열렸어
속에 있던 열들이
십중팔구 쏟아졌어
사연 많은 누군가에 의해
국면이 열렬하게 열렸어

막처럼 막

창문처럼 활짝

질문처럼 당당하게 열렸어

뒤이어 관습처럼

케케묵은 것이 앞다투어 열렸어

마음 같은 것이

방문처럼

매일매일 열리곤 했어

드나들 데는 많은데

머무를 데는 없었어

거짓처럼

새 시대가 열렸어

거지처럼

아무것도 바뀌지 않았어

뚜껑이 열렸어

첫새벽의 편의점처럼
풍족한데 가난했어

수갑처럼
내가 열 수 없는 것이 많았어
지갑처럼
내가 열 수 있는 것이 없었어

두 눈이 번쩍 뜨였어
두 손이 꼼지락거리기 시작했어

끝내 길이 열렸어
열매처럼
눈물이 여물어 맺혔어

나머지

골목이 좋아요
새벽이 좋아요

아무도 없어서

여기로 오게 돼요
눈길이 가요
발길이 닿아요

등 떠밀지 않아도

정신 차리면 여기예요
나도 모르게 말하고 있어요
속삭이듯 웅얼거리듯
부르고 있어요

나머지가 보여요
작은 것이 작은 것을 끌어당겨요

184

나머지들이 모여요
더 큰 나머지가 돼요
외딴 덩어리가 돼요

골목이 분주해졌어요
새벽이 꽉 차게 됐어요

혼자인데 여럿인 몸으로
여럿이 있어도 혼자인 마음으로

기꺼이 나머지가 되는 일
아쉬운 부분으로 남는 일
다음번에 할 말을 생각하는 일

어떤 말을 하려다가 망설여요
광장을 잊어버렸어요
아침을 놓쳐버렸어요

골목에 있어요
새벽에 있어요

아무도 없어요
내가 있어요

놀이와 혁명

권 혁 웅
(시인)

1. 도시락폭탄이 터졌다

쾌청한 어느 날, 남녀가 소풍을 왔다. 숲속 잔디밭에 자
리를 잡고 한가로이 이야기를 나눈다. 신사들은 정장 차
림인데 여성들은 속옷 차림이거나 알몸이다. 옆에는 피
크닉 바구니에서 나온 빵과 과일이 여성의 옷가지와 함
께 흩어져 있다. 마네의 「풀밭 위의 점심」(1863)이라는

유명한 그림이다. 당시 이 그림은 고전적인 미의 기준에서 벗어난 인물과 색채를 선보였다고 하여 격렬한 비난을 받았다. 남자들 사이에서 한 여성이 알몸으로, 그것도 고개를 돌려 관객을 응시하며 앉아 있다. 그녀를 비추는 빛은 통상적인 명암 처리 기법에서의 빛과 다르다. 당시의 상식에 따르면 빛은 환한 부분에서 어두운 부분으로 옮겨가며 단계적으로 어두워져야 했다. 하지만 마네는 밝은 빛 아래서는 피사체가 밝은 부분과 어두운 부분만으로 지각되지, 그렇게 단계적으로 지각되지는 않는다고 생각했다. 그 결과 저 여성은 늘어진 뱃살에 걸려 있는 현실성(그녀는 미의 여신이 아니라 우리 옆집에 사는 여자 가운데 하나다)과 함께, 빛의 사실성(전통적인 명암이 3차원의 부자연스러움을 보여준다면, 이 그림에서의 명암은 2차원의 자연스러움을 보여준다)을 보여주는 피사체가 되었다. 게다가 그녀의 시선은 관객인 우리를 무명의 자리에 놓아두지 않는다. 그 시선은 우리가 그림을 보는 데서 그치지 않고(이때 우리는 시선으로만 존재하는 비신체다), 그림이 우리를 응시하는 지점(이때 우리는 그녀의 시선에 포획된 신체다)까지 우리를 밀어붙인다. 이 그림은 단일 시점의 원근법마저 무시하고 있다. 오른쪽 남자의 머리 위편에 놓인 배가 여인에 비해 너무 작게 그려져 있다. 그런데 생각해보라. 초점이 그녀에게 맺혀 있는데, 배 따위가 눈에 들어오겠는가? 「풀밭 위의 점심」은 외설적이고 속물적이고 야만적인 작품이라는 혹평을 이겨내고 거꾸로 당대 부르주아의 위선을 폭로했다. 그림은 매춘이 유행하던 19세기 파리의 실상을, 부르주아적 예술미의 이상이 바로 그런 매춘 산업의 성행에 기초해 있음을 폭로했다. 여성을 비추는 저 빛은 창녀를 전시하던 쇼윈도의 그 빛이며, 여성의 저 시선은 호객 행위 아래 노출된 남성의 신체를 훑어본다.

그런데 지금 보면 「풀밭 위의 점심」이 가진 전복적인 측면 역시 전복되어야 할 생각을 품고 있다는 것이 명백해졌다. 무엇보다도 먼저 남성들은 정장 차림인데 왜 여성들만 옷을 벗고 있는가를 지적해야 한다. 옷으로 표현되는바, 문명은 남성의 전유물이며 자연은 여성적인 것이라는 시선이야말로 제국주의적인 시선이다. ① 문명은 자연을 정복해야 하며, ② 그처럼 식민지는 제국의 보호 아래 들어가야 하고, ③ 여성은 남성의 지배에 복종해야 한다. 이것은 3중의 책략이며, 3중의 족쇄다. 「풀밭 위의 점심」이 그런 구도의 부자연스러움까지 폭로할 수는 없었다. 이 욕망의 기본구도를 깨기 위해서는 풀밭 위의 점심식사 자리를 아예 깨야 한다. 이렇게 상상해보자. 저 흥겨운 소요유(逍遙遊) 도중에 피크닉 바구니를 열었는데 빵과 과일이 나온 게 아니라 폭탄이 터졌다고. 윤봉길 의사가 던진 도시락폭탄이 바로 저 그림의 바구니 안에 들어 있었다고.

오은의 시는 현대의 도시락폭탄이다. 흥겨운 피크닉 장소를 아수라장으로 만드는 또 다른 흥겨움이며, 시를 전복하는 시들을 전복하는 또 다른 전복이다. 엉뚱한 발언 같지만 오은의 가장 온건한 시도 지금 이 발언보다 엉뚱하다. 오은의 시만큼 격렬한 비난과 열렬한 찬사를 동시에 받은 시는 거의 없을 것이다. 물론 몇몇 선배 시인들이 그런 비난과 찬사의 홍해를 가르고 지나간 적이 있다. 황병승이 그랬고 김행숙이 그랬으며 조연호가 그랬다. 하지만 그들의 시도는 진지한 검토의 대상이 되었고 이미 현대시의 중요한 성취를 이룬 전범들로 평가받았다. 황병승의 (수많은 가상 인물들이 출연하는) 드라마는 서정시적 고백을 내장하고 있음이 드러났고, 김행숙의 (문어체와 구어체를 자유로이 넘나드는) 화법은 인지적 측면과 정념적 측면을 두루 고려한 양면성의 결과이며, 조연호의 (의고주의적이거나 의사 과학적인) 비문은 의미의 무한소를 추구할 때 생기는 필연적인 표현형이었다. 오은의 시는 선행하는 그 어떤 길도 따르지 않는다. 그는 시에서 끊임없이 놀이play를 벌인다. 놀이 외에는 아무것도 아닌 놀이, 시가 말로 되어 있으니까 당연히 말놀이, 말놀이 외에는 다른 아무것도 되지 않는 놀이. 그리고 그는 그 놀이로 혁명을 시도한다. 아니, 놀이 자체가 그에게는 혁명이다. 놀이와 혁명의 이종교배는 성공할 수 있을까? 여기에 오은 시의 성패가 달려 있다.

2. 표면의 서사와 이면의 서사

모든 언어에는 반드시 '전달하려는 어떤 것'이 포함되어 있으나, 그것이 반드시 '전달된 것'과 일치하는 것은 아니다. 어떤 전달의 매개체도 필요로 하지 않는 순수한 관념을 우리는 이데아라 부른다. 일상적인 소통의 모델이 어떤 표현도 요구하지 않는 순수 관념, 곧 표현 불가능성을 기반으로 하고 있다는 사실은 역설적이다. 실언이나 식언을 밥 먹듯 하는 정치인과 연인 들이 증거하듯이, 전달하려는 것과 전달된 것의 차이야말로 모든 오해와 뉘앙스를 낳는 근원이다. 그런데 시 역시 이 둘의 차이에 기반을 둔다. 표현된 것과 의도한 것 사이의 낙차에서 에너지를 받아서 시는 제 크기를 키운다. 시에서 '전달된 것=표면'이란 단순히 '의도한 것=이면'의 드러남이 아니다. 시는 이면에서 한 번(이것은 시가 웅변술, 논설문, 법전, 신문 기사와 공유하는 것이다), 표면에서 또 한 번(이것은 시만의 독특한 지점이다), 두 번 말한다.[1]

---

1) 졸고 「시는 무한히 말한다」(『포지션』 2014년 겨울호)에서 시가 표면에서 분화되는 양상을 다음의 다섯 가지로 나누어 설명하였다. ① 명명할 수 없는 것 ② 전언이 아닌 것 ③ 소통되지 않는 것 ④ 누설되는 것 ⑤ 의식의 소관이 아닌 것. 이것들은 각각 이면의 것, 곧 ① 도식화 ② 의사소통 ③ 의견 ④ 의도 ⑤ 의식에 저항한다.

오은은 이 표면을 극한까지, 말하자면 표면의 표면까지 밀어붙인다. 의도(이면)와 표현(표면)은 언술의 차원인데, 오은에게서 저 표현의 표면은 언술의 차원과 기호의 차원으로 다시 분화된다. 그는 이 두번째 표면(기호)을 이면(기의)과 표면(기표)으로 다시 나누고, 기표의 차원에서 서사를 구성한다. 의미에 따라 구성되는 일반적인 이야기를 이면의 서사라 한다면, 기표의 차원에서 구성되는 이 특별한 이야기를 표면의 서사라 불러도 좋을 것이다. 이면의 서사에서 기표들은 기의를 소환하기 위한 징표에 불과하며 그렇게 기의를 소환한 후에는 폐기된다. 징표란 미래에 일어날 일에 대한 예언이므로 현동화되지 않는다. 그것은 미리 당겨쓰는 어음 같은 것이어서 미래에 대한 약속만을 표시할 뿐이다. 그런 소환과 폐기의 긴 연쇄를 거쳐서 기의의 사슬이, 현동화될 수 없는 관념이, 몸을 갖지 못한 유령이 언뜻 모습을 드러낸다. 이면의 서사에서는 기의가 기표를 조종한다. 표면의 서사는 그와 다르다. 여기서 기표는 그 자체로 기의다. 기표가 처음부터 기표의 기표 곧 기표로 드러난 것 그 자체를 증언하는 기표이기 때문이다. 표면의 서사에서는 기표가 기의를 거느린다.

　　당신이 슬프고 맥주를 좋아한다면……

모스크 바(bar)에 가자 모스크 바에 가면 당대 최고의 가수 빅토르 최를 만날 수 있다 제네 바의 가수는 항상 하이디, 그녀는 요들송만 부른다 바르샤 바의 술값은 너무 비싸 위스키 한 잔에 이스탄 불(dollar)을 내야 한다 이쯤 되면 우리가 모스크 바에 가는 것은 당연해진다 모스크 바에 가기 위해선 우선 차가 있어야 한다 카사블랑 카(car)나 알래스 카보다는 니스 칠이 되어 있는 스리랑 카를 추천한다 스리랑 카를 타고 오슬 로(path)를 따라가다 보면 암스테르 담(fence)이 나온다 거기서 이사 벨(bell)을 누르면 십중팔구 세 명의 브레 멘(men)이 나올 것이다 모나 코(nose)를 가진 이는 성질이 험하니 피하라 퀘 백(bag)을 메고 있는 골 빈(empty) 남자는 실권이 없다 남은 남자 하나는 분명 네팔(arms)로 부지런히 카트 만두를 집어 먹고 있을 것이다 미리 마련한 펠로폰네 소스(sauce)를 만두 위에 골고루 뿌려 주어라 레바 논(field)에서 재배한 예테 보리(barley) 음료를 줘도 좋다 흥이 난 남자가 헬싱 키(key)를 건네주면 이미 반쯤은 성공한 셈이다 헬싱 키로 담에 나 있는 작은 문을 열면 케임 브리지(bridge) 너머로 카이 로(road)가 보일 것이다 장마 기간이라 바 레인(rain)이나 나이로 비(rain)가 내리고 있을지도 모른다 바닥에 싱가 포르말린이 흐르고 있으니 걸어갈 수는 없다 케임 브리지 입구에서 로 마(horse)나 뮌 헨(hen)을 빌려 타도록 하자 욕쟁이 할머니 한 분이 블라디보스 토크(talk)쇼를 보며 말리지 않은 홍콩(red

bean)에 에든 버러(butter)를 발라 먹고 있을 것이다 고작
프놈 펜(pen) 몇 자루나 몬테 비데오(video) 한 편 가지고
할머니를 꾀긴 힘들다 할머니가 당신 면전에 정신없이 미
얀마 같은 뉴(new) 욕을 퍼붓는 사이, 판을 벌여라 베이 징
(gong)을 쳐 대거나 미친 듯이 시카 고(drum)를 두드리란
말이다 놀란 노인네는 필경 군말 없이 그것들을 빌려 줄 것
이다 참, 로 마나 뮌 헨은 잘 보고 타야지 그냥 자카르 타면
후회하기 십상이다 어떤 것들은 부다 페스트(pest)에 걸려
제대로 달리지 못하기 때문이다 카이 로를 반쯤 지날 무렵,
프라 하(canal) 물을 대는 안타나나리 보(reservoir)가 나올
것이다 커다란 몸집의 팔라 우(cow)나 바 하마(hippo)가
통 가(song)를 부르며 알 제리(jelly)를 씹어 대고 있을지도
모른다 그곳을 순찰하는 오만한 예 멘(men)에게 수단 방법
가리지 말고 카 타르(tar)를 사도록 하자 카 타르는 거기서
사 모아야지 다른 데서 사려면 카 불(dollar)이나 파푸아뉴
기니(guinea)를 줘야 한다 이제 카이 로 끄트머리에 있는 마
지막 동굴만 지나면 된다 동굴 안으로 빛이 항시 드니 그리
스릴 있지는 않다 동굴 밖 모스크 바 앞에는 빅토르 최를 보
러온 파리 떼들이 부산을 떨고 있을 것이다 네 순서가 되면
얼굴을 덮은 피지(sebum)를 조금 짜 주거나 말초신경에 있
는 브뤼 셀(cell)을 제시하라 그것이 오늘 밤 네 아이디다 모
스크 바에 들어서면 짙은 담배 연기 사이로 빅토르 최가 얼
핏 보일 것이다 노르 웨이터에게 아까 사 둔 카 타르를 건네

194

주면 흔쾌히 담배를 말아 줄 것이다 맥주가 싫다면 **호주**나
청주, 온더록스 위스키를 마셔도 좋다 **모스크** 바에서 물건
은 어차피 **파**나 **마**나다 밀포드 사운드(sound)를 들려 드리
죠 젊은이들의 동경을 한 몸에 받는 빅토르 최가 말한다 델
리카토(delicato)로 연주하겠습니다 힘을 좇는 자들에겐 그
저 비아그라나 다오 대신 우리에겐 자유를 주오······ ²⁾

이면의 서사에서 고딕체로 표시된 저 이름들은 지구상
의 특정한 지점을 표시한다. 하지만 표면의 서사에서 저
이름들은 기의에서 자유로운 기표, 새로운 기의를 창출
하는 기표다. 모스크바와 제네바와 바르샤바는 바bar 이
름이며, 카사블랑카와 알래스카는 차car 이름이다. 명사
만이 아니다. 시드니는 "빛이 항시 드니"의 일부이며, 그
리스는 "그리 스릴 있지는 않다"의 일부다. 이런 식으로
무려 73개 도시가 호명된다. 이것은 기표가 그 자체로 기
의로 작용하는 특별한 예인데, 놀라운 것은 이런 기표의
연쇄를 거치고 나면 우리에게 세계 일주 체험이 주어진
다는 사실이다. 결국 이 시는 우리에게 두 개의 이야기를
들려준다. 도시 이름들이 기표 차원의 말놀이를 통해 엮
이면서 **"모스크 바"**에 있는 빅토르 최를 찾아가는 모험담

---

2) 오은, 「말놀이 애드리브─모스크 바에는 빅토르 최가 있다」, 『호텔 타
셀의 돼지들』, 민음사, 2009, pp. 15~17.

이 하나요, 도시 이름들이 기의 차원의 말 그늘 효과를 따라 여로를 형성하면서 모스크바에 이르는 세계 편력기가 둘이다. 이 시의 경우 기표는 기의라는 유령의 지배에서 벗어나 그 자체로 기의를 거느리는 겹기표가 되었다. 시인이 소개한 이 표면-서사 건축술 가운데 일부를 소개하면 다음과 같다.

먼저 관용어들을 관용적으로 쓰기.

여름에는 하루가 멀다 하고 사랑을 속삭였습니다. 남자의 애간장이 탈 때마다 여자는 콧대를 세우고 연막을 쳤습니다. 여간내기가 아니었습니다. 여자의 고사리 같은 손과 꾀꼬리 같은 목소리는 각광 받기에 충분했습니다. 남자와 여자가 깨를 쏟으며 지지고 볶는 동안, 알토란이나 떡두꺼비를 닮은 아이들이 웃음꽃을 피우며 장단을 맞추었습니다. 어색한 풍경에 제법 구색이 갖추어졌습니다. 여자가 남자의 간을 녹일 때마다 남자의 간은 점점 콩알만 해졌습니다.[3]

관용어는 통상적으로 죽은 말이라 불린다. 용법과 의미가 고정되어 있어서 거기에 어떤 생명력도 부여하기 어려운 말이기 때문이다. 그런데 시인은 이 시를 관용구로만 구성했다. 위에서 인용한 부분에서만 해도 무려 열

---

3) 오은, 「환절기──관용구로 구성된 어떤 말놀이」, 앞의 책, p. 32.

일곱 개의 관용구가 나온다. 죽은 말들로만 여겼던 관용어들이 긴 연쇄를 이루자, 통속극밖에는 될 수 없었던 한 이야기가 생생하게 떠올라온다. 이것은 시인이 관용어를 하나의 단위로 썼기 때문에 생겨난 결과다. "고사리 같은 손"이나 "꾀꼬리 같은 목소리"는 각각 두 개의 명사가 직유를 통해 결합된 관용구로 그 말 내부에서는 새로운 의미가 생겨나지 않는다. 그런데 이 관용구가 표면적인 서사의 단위가 되면 하나의 기표처럼 작용하게 되며, 따라서 전체 이야기는 상투화된 맥락과 무관한 것이 된다. 이 건축술을 이렇게 정리할 수 있겠다. 관용어를 관용적으로 써서 관용어법에서 벗어나기.

다음으로 사전을 활용하기.

오늘도 너는 말놀이를 한다. 재잘재잘. 도중에 말이 막히면 너는 물을 마신다. 벌컥벌컥. 그리고 너는 물놀이를 한다. 첨벙첨벙. 도중에 배가 고프면 너는 미음을 먹는다. 허겁지겁. 그리고 너는 맛놀이를 한다. 우적우적. 도중에 배가 부르면 너는 몸놀이를 한다. 폴짝폴짝. 그리고 너는 망놀이를 한다. 호시탐탐. 도중에 도둑을 잡으면 너는 멋놀이를 한다. 찰랑찰랑. 그리고 너는 무(無)놀이를 한다.

놀이를 안 하는 게 지루해지면 너는 문놀이를 한다. 찰칵찰칵. 도중에 잠이 오면 너는 몽(夢)놀이를 한다. 꿈틀꿈틀.

그리고 꿈에서 너는 말놀이를 한다. 딸깍딸깍. 말을 타는 도중에 멀미를 하면 너는 맥놀이를 한다. 두근두근. 그리고 너는 정신을 차리기 위해 멱놀이를 한다. 어푸어푸. 도중에 머리카락이 잡히면 너는 몇놀이를 한다. 십중팔구. 그리고 너는 맘놀이를 한다. 무럭무럭. 도중에 또다시 배가 고프면 너는 맘 놓고 마음을 먹는다. 거푸거푸. 그리고 너는 못놀이를 한다.

놀이를 못 하는 게 억울해서 너는 ㅁ놀이를 한다. 입(ㅁ)으로 들어가서 누군가가 ㅂ을 던져줄 때까지 나오지 않는다.[4]

"ㅁ놀이"를 하기 위해서 필요한 것은 국어사전이다. '말 – 물 – 미음 – 맛 – 몸 – 망 – 멋 – 무 – 문 – 몽 – 말 – 맥 – 멱 – 몇 – 맘 – 마음 – 못'으로 이어지는 긴 연쇄는 사전의 'ㅁ' 항목을 이곳저곳 찾아다닌 결과물이다. 이면의 서사는 의미의 연쇄로 이루어져 있다. 의미 연쇄란 인과 판단에 따른 연쇄이며, 인과 판단이란 기의를 품고 있다고 가정되는 발화자의 '의도'에 따른 판단이다. 모든 것은 은닉된 의도, 우리가 흉중에 감추고 있다고 말하는 바로 그것에 종속된다. 반면 사전에는 그런 의미의 질서가 없다. 있는 것은 기표의, 겉으로는 질서 있게 자리 잡고 있

---

4) 오은, 「ㅁ놀이」, 『우리는 분위기를 사랑해』, 문학동네, 2013, p. 11.

으나 실제로는 무의미한 배열뿐이다. 'ㄱ' 다음에 'ㄴ'이 오고, 'ㅏ' 다음에 'ㅑ'가 오는 것에 특별한 의미나 의도가 있을 리 없다. 그것은 단순한 약속이다. 사전을 따른다는 것은 기표를 의도에서 해방하여 비의도적인 질서에 종속시키는 행위다. 이 기호가 그 형태로 의미화되면 3연과 같이 'ㅁ'이 입이 되고 'ㅂ'이 뿔난 ㅁ이 된다. 3연의 기표는 일종의 상형이다. 이렇게 완성된 표면에서도 추가적인 서사가 만들어진다. 너는 처음에 말놀이를 시작했으며, 말을 하다가 목이 말라서 물을 마셨다. 물놀이 도중에 배가 고파서 미음을 먹었고, 그건 맛이 있었다…… 이렇게 얘기는 계속 이어진다. "도중에"와 "그리고"가 문장마다 출현해서 서사를 잇지만, 아시다시피 이것은 진정한 인과가 아니다. 어떤 의도도 없기 때문이다. 이 놀이의 과정은 무의미하지만 잘 질서 지워진 사전의 배열을 닮았다.[5]

다음으로 매뉴얼이나 달력을 사전처럼 쓰기.

1월엔 뭐든지 잘될 것만 같았습니다
총체적 난국은 어제까지였습니다
지난달의 주정은 모두 기화되었습니다

---

5) 중의적인 단어를 활용한 말놀이도 사전 배열법이다. 표제어들을 사전적인 순서에 따라 배열하고 있기 때문이다. '설'이 '혀, 배설, 발설, 누설, 설날, 눈[雪]' 등으로 변주되는 「설」(『우리는 분위기를 사랑해』, p. 10)을 보라.

2월엔
여태 출발하지 못한 이유를
추위 탓으로 돌립니다
어느 날엔 문득 초콜릿이 먹고 싶었습니다

3월엔
괜히 가방이 사고 싶습니다
내 이름이 적힌 물건을 늘리고 싶습니다
벚꽃이 되어 내 이름을 날리고 싶습니다
어느 날엔 문득 사탕이 사고 싶었습니다

4월은 생각보다 잔인하지 않습니다
그 이유는 단 하나,
한참 전에 이미 죽었기 때문입니다

5월엔 정체성의 혼란이 찾아옵니다
근로자도 아니고
어린이도 아니고
어버이도 아니고
스승도 아닌데다
성년을 맞이하지도 않은 나는,
과연 누구입니까

나는 나의 어떤 면을 축하해줄 수 있습니까[6]

이 1년은 매년 반복되는 1년이라는 점에서 어느 한 해의 서사가 아니다. 그랬다면 이면의 서사가 되었을 것이다. 매뉴얼에 적힌 행동이나 달력의 기념일은 일정한 순서에 따라 출현하는 것이므로 인과 판단과는 무관하다. 1월에는 새 출발을 할 것이고 그것은 작년이 총체적 난국이라는 뜻이었으며 연일 계속되는 송년회로 술주정하는 날이 많았다. 2월에는 작심삼일을 실천했고 그것은 추위 탓이었다. 발렌타인데이가 중간에 있었다. 3월에는 다시 학생이 되어 입학식을 치르고 싶었으며…… 이렇게 이야기는 계속된다. 그런데 기념일에 따라 적힌 이야기가 전개될수록 그날이 그날인 소시민의 쥐 죽은 듯한 삶이 폭로된다. 1년을 살아가는 나는 4월에 이미 죽었다. 그것은 4월이 만우절로 시작하기 때문에 가능한 선언이지만, 이 땅이 엘리엇의 단언보다도 더 황무지라는 선언이기도 하다.[7]

---

6) 오은, 「1년」, 같은 책, pp. 115~16.
7) 시는 이듬해 1월을 얘기하면서 끝나지만, 슬그머니 한 문장이 추가된다. "2월에 있을 다섯 번의 일요일을 생각하면/각하(脚下)는 행복합니다"(p. 117). 대통령 취임식을 임시 공휴일로 지정한 것은 노태우 정부 때까지였다. 따라서 각하는 군인 대통령 혹은 독재자에 대한 조롱이다. 그날이 행복한 사람은 대통령뿐이었다는 얘기다.

시인의 건축술에 관해 말하자면 한이 없을 것이다. 지난 두 권의 시집에서 선보인 기표 – 서사 건축술은 시 한 편에 새로운 방법론 한 가지씩이라고 말해도 좋을 정도다. 이것이 오은의 말놀이가 가진 혁명적인 힘이다. 표면의 서사라 이름 붙인 저 놀이가 세계를 해체하고 재구축하는 놀이라면, 혁명이 아니고 무엇이겠는가? 이것은 단순한 놀이가 아니다. 이제 이 시집을 다룰 차례다.

3. 암흑언어Dark Language

과학자들은 우주에서 우리가 감지할 수 있는 원자가 우주 전체 에너지의 5퍼센트에 지나지 않으며, 26퍼센트는 중력에만 반응하는 미지의 물질이고 69퍼센트는 중력과 반대로 작용하는 미지의 에너지라는 것을 발견했다. 이 미지의 물질과 에너지를 암흑물질dark matter, 암흑에너지dark energy라 부른다. '암흑'이란 '알 수 없음, 알지 못함'에 붙여진 멋진 은유다. 이를 본받아 표면의 서사를 끌고 가는 오은의 기표 언어를 암흑언어라고 부르자. 암흑물질과 암흑에너지가 우리 우주에 실제적으로 작용하는 물질이자 에너지이듯, 암흑언어 역시 우리 시에 실제로 작용하는 언어다. 암흑물질이 은하에 속한 별들의 회전속도와 중력렌즈 등을 통해서 간접적으로만 발견되듯 그리고 암흑에너지가 우주의 팽창을 통해서 간접적으로 계산되듯, 암흑언어 역시 어떤 시공간의 왜곡을 통해서 측정될 수 있다.

학교에 있던 학생들이
학원에 고스란히 앉아 있었다
준비물처럼
책상 위에 가만히 있었다
그리고 우리는 사용되었지 우리 학원에서
우리가 우리를 사용할 때
우리는 주어일까 목적어일까
영어 선생님이 물었지
자기도 모르면서
학생이었으면서
옛날에 우리 학원에 다녔으면서
샤프심처럼 뚝뚝 끊어지고
지우개처럼 똥을 끌고 다니고
자처럼 재기 바쁘다가
노트처럼 갈가리 찢어졌으면서

국어 영어 수학 과학 사회 음악 미술 체육
비결은 있었지만 도덕은 없었다

노트는 있는데 샤프가 없는 상황처럼
　　샤프는 있는데 샤프심이 없는 상황처럼
　　샤프심은 있는데 지우개가 없는 상황처럼
　　매시 매분 매초가
　　부족했다 위태로웠다

　　그래도 지구는 돌고
　　　　　　　　　　　　　　　　　　　—「우리 학원」부분

　학생들이 학교에서 학원으로 "고스란히" 이동했다.
"준비물처럼"이라고 썼지만, 실제로도 재수생은 사회에
소용되기 위한 준비물이다. 그런데 이런 시공간의 이동
이 한 번 더 있다. 영어 선생이 'we'와 'us'의 차이를 설명
할 때 그는 자신이 학생들과 같은 처지라는 사실을 모른
다. 그 역시 한때는 학생이었고 재수생이었고 그들이 소
모한 '샤프심, 지우개, 자, 노트'에 불과했다. 선생을 포함
한 우리는 주어 노릇을 하는 사람일까, 아니면 소비되고
소모되는 사물에 불과한 것일까. 그런 질문이 제기될 만
큼 매 순간이 위태롭다. 그런데 그런 낭비와 소모, 부족과
결핍에도 불구하고, 아니 그와 무관하게 지구는 돈다. 갈
릴레이의 중얼거림이 진리에 대한 확신이라면, 이 시의
덧붙임은 냉혹한 사실의 표명이다. 너희가 어떻게 되든
세상은 굴러갈 거야. 학원에서는 도덕 따위는 배우지 않

으니까. 두 번의 옮겨놓음, 곧 장소의 이동(학교에서 학원으로)과 시간의 이동(학생의 시절에서 재수생의 시절로 혹은 선생의 시절에서 재수생의 시절로 다시 학생의 시절로)이 있다. 이것은 겉으로는 드러나지 않는 암흑언어의 작란(作亂), 곧 난리이자 장난이다. 시공간의 왜곡이 불러온 사실의 출현이다. 시는 이렇게 끝난다.

우리가 우리라고 말할 때
목적어에서 주어가 될 때
보어 없이도 완전해질 때

비로소 대명사가 된
우리는 뒤를 돌아보며
도덕은 다음 생에서 배우기로

─「우리 학원」 부분

수업이 우리를 완성할 때, 우리가 주어가 되어서 학원 문을 나설 때, 어떤 도움도 필요 없어서 우리가 자립했다고 여길 때, 바로 그때 우리는 대명사가 된다. 도덕은 이번 생의 일이 아니다. 우리는 주어가 아니라 대상이 된 주어, 다른 누구로 교체해도 상관이 없는 그림자 인간이다. 암흑언어는 표면의 말을 뒤틀어서 이면의 왜곡을 폭로하는 말이어서, 놀이의 외양과 다르게 이데올로기를 강력하게 비판하는 언어가 된다.

> 다움은 닳는 법이 없었다
> 다음 날엔 다른 다움이 나타났다
> 꿈에서 멀어진 대신,
> 대신할 게 걷잡을 수 없이 늘어났다
> 죽을 때까지 지켜야 하는 비밀처럼
>
> 다움 안에는
> 내가 없었기 때문에
> 다음은 생각할 필요가 없었다
>
> ──「다움」 부분

　"다움"이란 명사나 어근의 뒤에 붙어서 그 대상의 속성을 '충분히/긍정적으로 지님'을 나타내는 말이다. 바로이 '충분함/긍정적임'이라는 판단 자체가 이데올로기다. 충분하다거나 긍정적이라고 말하는 것은 평가가 개입된 말이다. 그런데 누가 평가하지? 입법자를 자처하는 이데올로그들이다. 이 시는 수많은 '~다움'을 당위("~야 해")와 금지("~면 안 돼")를 교차한 명령문으로 실행한다. 그런데 이 명령에는 수많은 예외 조항과 조건이 붙어 있다. 이런 식이다. "친구를 먼저 때리면 안 돼/대신, 맞으면 두 배로 갚아줘야 해"(1연) "일기는 솔직하게 써야 해/대신,

집안 부끄러운 일은 쓰면 안 돼"(2연) "죽을 때까지 내 비밀을 지켜줘야 해/대신, 네 비밀도 하나 말해줘야 해"(3연) "꿈을 잊으면 안 돼/대신, 현실과 타협하는 법도 배워야 해"(5연) "내 주변 사람들에겐 항상 친절해야 해/대신, 나만 사랑해야 해"(6연) "나를 과장해야 해/대신, 은은하게 드러내야 해"(7연). 당위와 금지명령 들은 저 조건과 예외를 통해 사유화된다. 모든 다움을 판별하는 기준은 보편성이 아니라 이해관계다. 그래서 다움은 닳지 않는다. 이해관계는 무수히 새롭게 생겨나기 때문이다. 다움에는 내가 없다. 모든 게 가장(假裝)이기 때문이다. 다움에는 다음이 없다. 실체가 아니어서 셀 수 없기 때문이다. 암흑언어는 표면의 서사를 뒤틀어, 그 내부에서 똬리를 틀고 있는 이런 음험한 의도를 폭로한다.

　이데아와 이데올로기는 동족어(同族語)다. 이면의 서사에서 '전달하려는 것'(그러나 제대로 전달될 수 없는 것)이 전달될 때, 그것은 이처럼 이데아에서 이데올로기로 모습을 바꾼다.

　　늙은 사람들은 신호를 위반하고
　　늙은 사람들은 법을 위반하지
　　그들이 법이기 때문에
　　자기 부정은 자기 갱신으로 거듭나지
　　법전에는 예외 조항이 늘어나지

넥타이가 점점 짧아지는 동안
목이 졸려 숨 막히는 사람들은 따로 있었지
말은 물 같고 성격은 불같아서
물불 가리지 않고 덤벼들 수 있었지
흐를 때와 고일 때를 잘 알아서
자기 비하는 겸양지덕으로 둔갑하지
덕은 떡처럼 도타워지지
없이 여기거나 업신여기는 식으로
법이 설령 중립적일 때에도
법전은 이미 중의적인 문장을 쓰고 있었지
들이받는 게 아니라 들이치는 식으로
사고(事故)로 위장한 채 사고(思考)를 치며
갑남(甲男)을 물들이며 을녀(乙女)를 불붙이고 있었지
하나밖에 없어서 입은 틀어막기 쉬웠지
신호는 빨간불에서 좀체 바뀔 줄을 몰랐지
법은 관습법처럼 굳어졌다가 악법처럼 활개를 쳤지
이윽고 늦은 사람이 늙은 사람이 되었을 때

그릇된 것은 죄다 그릇이 되어 있었지
철옹성처럼 단단해서
섣불리 두드릴 수도,
진흙처럼 물러서
선선히 발 담글 수도 없었지

—「질서」전문

"늙은 사람들"은 노회(老獪)한 사람들이다. 그들이 법을 위반하는 것은 그들 자신이 법이기 때문이다. 법은 적용하는 작인이지 적용되는 작인이 아니다. 동일한 논리로 법을 제정하는 자는 법의 바깥에 있어서 법의 적용을 받지 않는다. 입법이나 제헌(制憲)의 논리만큼 위법적인 것은 없다. 그들의 말은 청산유수이고 성정은 불과 같아서 그들은 물불을 가리지 않는다. 간혹 법정에 소환될 때 그들이 휠체어 위에서 하는 말은 자기 비하가 아니라 겸양지덕이다. 그들은 그 덕을 떡 먹듯 한다. 공평하다는 의미의 중립은 이현령비현령이라고 말할 때의 그 중의법이 되고, 고의로 저지른 범죄는 실수로 친 사고가 되며, 그렇게 그릇된 세상은 모든 것을 담는 그릇이 된다. 갑남도 을녀도 그 늙은 자들의 손아귀 – 그릇을 벗어날 수 없다. 이 말들을 어떻게 기표들의 놀이라고만 말할 수 있겠는가? 이데아는 뒤틀린 기표를 타고 변용되면서 스스로 이데올로기임을 폭로한다.

4. "이 시가 너를 살렸어"

그러나 이 언어가 공격적인 것만은 아니다. 말놀이가

패러디의 유효한 전략인 것은 분명하지만, 오은의 말놀이에는 다른 것도 있다. 다정한 고백이, 경쾌한 피크닉이, 미래여서 반드시 실현될 "꿀맛"(「시인의 말」)이, 끝내 다 다르게 될 아름다움이 있다.

이 시가 너를 살렸어
이 문장이 이 시를 살렸어
이 단어가 이 문장을 살렸어

네가 이 단어를 살렸어
네가 물속 깊이 잠겨 있던
이 단어를, 하나의 넋을 건져 올렸어

너와 말은 공생한다
힘들이지 않아서 힘들고
보잘것없어서 대단한

아름다운 공회전

너는 이제 지구 어딘가에서
돌 때까지
겉돌다가 헛돌다가 마침내 감돌게 될 때까지

이 단어가

이단의 언어가 될 때까지

너만의 단어가 될 때까지

네가 이 시를 완성할 때까지

내처 아름답다

—「구원」전문

    구원은 다른 곳에 있지 않고 바로 이 단어, 이 문장, 이
시에 있다. 말하자면 기표에, 표현에, 언어 작용 그 자체
에 있다. 네가 무의식의 수면(이 수면은 '水面'이자 '睡眠'
이다)에서 한 단어를 건져 올릴 때, 그 단어 역시 너를 살
려낸다. 왜 그런가? 너와 말은 공생하지만, 이 공생은 서
로를 적중하지 않는 공회전이다. 너는 말에 네 모든 걸 담
아낼 수 없고(전달하려고 하는 것은 전달될 수 없다), 말은
공제(控除)를 통해서만 네게 접근할 수 있다(말의 끝에 의
해 잉여를 덜어낼 때에만 너의 윤곽이 드러난다). 그런데 이
런 공회전이 우리를 감싼다. 말과 너는 서로를 "겉돌다가
헛돌다가 마침내 감돌게" 된다. 그러니까 말은 적중하지
않는 방식으로 적중하는 것이다(적중한다는 가정이야말
로 이면 언어의 가정이다). "이 단어"는 언제나 "이단의 언
어" 혹은 이방(異邦)의 언어다. 그 말이 보편성의 언어, 이
데올로기에 침식된 언어가 아니라 "너만의 단어"라는 뜻

이다. 따라서 이런 시는 완성되지 않을 것이다. "네가 이 시를 완성할 때까지/내쳐 아름답다"면, 너는 영원히 아름 다울 것이다.

실로 그러할 것이다. 말들은 기의에 따라 해독되지 않는다. 기표의 문법에 따라 움직이기 때문이다. 이 말들의 속성에 관해서, 암흑언어의 특징에 관해서 기술해보자. "책장에 붙어 있던 활자들이 구두점을 신고 달아난다."(「아찔」) 마침표를 찍었더니 글자들이 구두인 줄 알고 그걸 신고 달아났다. 그렇다면 ① 말들은 이미 물질이다. 기호는 무형의 표식이 아니라 질료성을 갖고 있다. 예컨대 "꽉 차 있었다/모든 입자가/꽉이라는 단어를 향해 있었다"(「폼」)라고 할 때, 첫번째 '꽉'이 가득 차 있음을 수식하는 부사라면 두번째 '꽉'은 벌써 상자(곽)가 되어 있다. 말들은 그 네모난 "꽉" 안에 담길 것이다.

말은 본래 분절을 통해서 세상을 포획한다. 기의의 문법에서도 그렇고 기표의 문법에서도 그렇다. 기의의 문법에서 분절이란 무의미한 표기법이다. 그런 무의미한 분절에 기의라는 유령이 내려앉는다. 기표의 문법에서 분절이란 사물의 나뉨이다. 그것은 실재하는 것들을 나누고 모은다. 곧 ② 기호의 분절은 세계를 표시하는 데서 더 나아가, 세계를 만든다.

나도

아름다웠다

—「너무」부분

이렇게 인용할 수밖에 없어서 유감이다. 이 시집 40쪽을 펼쳐보시기 바란다. 제목이 독립된 한 연이 되어 있음을 보게 될 것이다. 이 나뉨 혹은 결합은 우리를 두 개의 다른 세상으로 안내한다. '너무나도 아름다웠다'는 진술이 하나, '나도 아름다웠다'는 진술이 또 하나. 둘은 너와 나와 나무와 너무를 어지럽게 교류하면서[눈치 빠른 독자라면 그 모든 진술들 위로 무(無)가 배회하고 있는 것도 보았을 것이다] 끝내 "너무/나도 너도 아름다웠다"는 마지막 진술에 이른다. '너무나도'와 '나무 너도'의 아름다운 자리 바꿈 혹은 착란.

말이 질료성을 갖고 있는 게 사실이라면 문장의 결합으로 사람을 표현할 수도 있을 것이다. "누구나 훌륭한 사람이 될 수 있단다 대명사와 조사가 결합하면 가능해진다"(「밤에만 착해지는 사람들」). 반대로 이 결합을 깨면 사람의 심성도 깨진다. "대명사와 조사가 결합하면 막연해진다". 요는 말의 조성규칙, 곧 ③ **문법이란 삶의 규칙이기도 하다**는 것이다.

이 방에는 이미 많은 글자들이 있으므로
글자 그대로

존재하는 것이 거의 없으므로

규칙은 견고하고

불규칙은 물결치므로

그 틈을 비집고

새삼스러운 문장이 튀어나올 때

이 방이 조금 아름다워진다

이 방이 조금 이채로워진다

이 방이 이방(異邦)에 가까워진다

비로소

─「문법」 부분

　이 방이 "이방(異邦)" 곧 앞의 시 「구원」에서 읽은 "이 단어"였음에 유의하라. 이 방에는 무수한 글자들이 있으나, "글자 그대로/존재하는 것"은 거의 없다. 그런 말은 감탄사 "아"처럼, 한 단어가 한 문장을 이루는 특별한 예외로만 존재한다. 그렇다면 말은 어떻게 존재하는가? 규칙과 불규칙 사이에서 규칙을 제정하고 불규칙을 회피하는 특별한 운용규칙, 곧 문법을 통해서 존재한다. 말이 물질성을 갖고 있으므로 말의 운용규칙인 문법은 삶의 운용규칙이기도 하다.

　이처럼 말과 삶은, 더 구체적으로 시와 삶은 한 몸이 된다. 「구원」이 말하듯, 하나의 시를 얻으면 하나의 삶을 구원한다. 이것은 이미 ④ 세상이 한 권의 책이라는 것을 보여주는 것이기도 하다.

일어나니 아침이었다
햇빛이 들고
바람이 불고
읽다 만 책이 내 옆에 가만히 엎드려 있었다

만약 내가
어젯밤에 이 책을 읽지 않았었더라면
—「만약이라는 약」부분

「만약이라는 약」의 본문을 채우는 것은 가정법들이다. "오늘 아침에 일찍 일어났더라면/지하철을 놓치지 않았더라면"으로 시작해서 "내가 더 나은 사람이었다면"으로 끝나는 열일곱 개의 가정법은 우리에게 주어지지 않았던 다른 시간, 다른 공간의 실상을 그 가정의 형식을 통해서 제공한다. 가정(假定)은 거짓이 아니라, 이차원(異次元)의 실존이다. 말은 그 뒤틀린 시공간 안에서 다시 뒤틀려서 처음으로 돌아온다. "오늘 아침에 일찍 일어났더라면"이라는 가정이 실행된 시공간이 새롭게 제공되는 것이다. 그래서 이런 문장이 적힌다. "일어나니 아침이었다". 일어나지 않은 자, 엎드려서 늦잠을 잔 자는 "읽다 만 책"

이었다. 따라서 저 가정법들을 끌고 가는 주체는 책이거나 책과 구별되지 않는 나다. 이 몽유록적인 주체가 책과 구별되지 않는다면, 동일한 논리로 책은 세상과 구별되지 않는다. 그래서 마지막 문장이 다시 적힌다. "내가/어젯밤에 이 책을 읽지 않았었더라면". 나는 책과, 책은 세상과 구별되지 않는다. 결국 책이라는 말들의 집성촌을 통해서 나와 세상이 연계되는 것이다. 이것은 말에 대한 시인의 견결한 믿음을 증언하는 것이기도 하다.

5. 오은을 사랑하십니까?

내가 실제로 경험한 일이다. 문창과 교실에서 오은의 말놀이를 소개했더니 이튿날 한 학생이 자기소개서에 가고 싶은 대학을 '소녀시대', 가기 싫은 대학을 '청와대'라고 썼다. 이것은 라임rhyme을 타고 오르는 흥겨움인가, 아니면 타기시해야 할 말장난인가? 우리는 이 흥을 타고 혁명에 이를 수 있을까? 아니면 그저 퇴락한 패러디의 끝물에 물들고 마는 것일까? 어느 쪽이든 오은의 시를 읽는 일은 소풍에서 무심코 열어본 도시락이 폭발하는 것을 경험하는 일과도 같다. 피크닉 자리는 아수라장이 되었을 것이다. 이 시인에 대한 독후감은 이 야단법석을 흥겨움으로 받아들이느냐, 망조로 느끼느냐로 극명하게 갈린다. 중간은 거의 혹은 전혀 없다. 그래서 "오은을 사랑하십니까?" 혹은 "오은의 시를 사랑하십니까?"를 묻는 일은, 한국 시의 한 첨점(尖點)에서 우리가 어떤 선택을 할 것인가를 묻는 일이기도 하다. 내 견해는 다음 시를 옮겨 적는 것으로 대답하려고 한다.

> 몸을 열면 질병이
> 입을 열면 거짓말이
> 창문을 열면 도둑이, 도둑고양이가 튀어나온다
>
> 우편함을 열면 눈알이
> 내일을 열면 신기루가
> 방문을 열면 호랑이가, 종이호랑이가 튀어나온다
>
> 속이는 것은
> 속없는 겉이 하는 일
>
> ──「풀쑥」 전문

이 유쾌한 해부도를, 양치기 소년을, 도둑고양이를 어떻게 외면할 수 있겠는가. 이 엉뚱한 시선과 헛것과 종이호랑이를 어떻게 사랑하지 않을 수 있겠는가. 저 풀과 쑥이 뒤엉킨 이승의 개똥밭을 시간 날 때마다 찾아와 뒹굴고 싶다. ▨